Mireille Hilsum

La fille au manteau jaune

PONT9

La fille au manteau jaune

ISBN : 9782494675278, © au Pont 9, Paris, 2025
Texte édité par Catherine Helbert

... je relis les livres que j'aime et j'aime les livres que je relis, et chaque fois avec la même jouissance, que je relise vingt pages, trois chapitres ou le livre entier : celle d'une complicité, d'une connivence, ou plus encore, au-delà, celle d'une parenté enfin retrouvée.

Georges Perec,
W ou le souvenir d'enfance

Je ne suis pas étonné que certains préfèrent les livres. Les livres donnent un sens à la vie. Le seul problème, c'est que les vies à qui ils donnent un sens sont les vies des autres, jamais la sienne.

Julian Barnes,
Le Perroquet de Flaubert

1

Vivre de seconde main ne m'avait jamais gênée. Mais depuis une dizaine de jours les choses s'étaient singulièrement compliquées.

J'attendais l'apparition de la fille au manteau jaune. Je l'avais immédiatement reconnue. Ma cliente m'avait donné une photo prise avec un vieux polaroid.

Pourtant je ne me décidais pas à la suivre. Je descendais dans le métro derrière elle, je l'accompagnais sur le quai, puis j'allais m'asseoir toujours à la même place, j'arborais, sans même faire mine de téléphoner, un Smartphone à coque jaune. Je portais chaque jour un nouvel accessoire. Des lunettes jaunes ou des baskets de même couleur. Parfois de simples barrettes, jaunes également, dans mes cheveux bruns. Étrange qu'elle ne m'ait pas remarquée.

Ma cliente – j'allais la perdre si je restais une fois encore assise – voulait connaître son adresse. Que comptait-elle en faire ? Elle ne me l'avait pas dit et je n'avais pas demandé. Je le regrettais à présent.

Chaque soir vers cinq heures, la fille au manteau jaune débouchait de la rue Lafayette. Travaillait-elle dans le quartier ? Faisait-elle encore du babysitting ? Elle prenait le métro à Chaussée d'Antin, direction Mairie de Montreuil. Un itinéraire sans correspondance avec le roman dont elle sortait. Sur le quai, elle marchait jusqu'à l'emplacement de la deuxième voiture. Ne s'asseyait jamais. Montait dès que la rame arrivait. Elle traversait le wagon et se tenait debout le visage face à la vitre. Comme si elle me tournait le dos.

Que regardait-elle pendant le trajet ?

Une inscription disparue ?

Cela faisait bientôt douze ans que je travaillais à l'enlèvement des personnages romanesques.

J'avais d'abord été responsable, pour une agence Quai de Seine, de disparitions que j'organisais sur mesure. J'enlevais Javert ou Jean Valjean pour qui voulait bien y mettre le prix. Le roman du XIXe siècle était devenu mon fond de commerce et ma réputation m'avait rapidement permis de m'établir à mon compte. C'est ainsi que j'étais devenue une ôtrice indépendante.

Habituellement je travaillais au repeuplement du roman contemporain. Libraires, éditeurs, romanciers me passaient des commandes que j'honorais avec une habileté qui m'avait valu mon succès. Les premiers espéraient booster leurs ventes en transformant la moindre plaquette en épopée surpeuplée. Certains éditeurs que mon professionnalisme m'interdit de nommer faisaient pression sur ceux de leurs auteurs qui aspiraient à l'épure. Tout le monde ne peut pas écrire *La Salle de bain*.

Les romanciers qui visaient le best seller me recherchaient pour ma discrétion. J'avais aussi parmi mes plus fidèles clients des admirateurs du roman russe, *Guerre et Paix, L'Idiot* font des envieux chez les abonnés aux formes brèves qui rêvent en secret de passer au roman fleuve. Typer un personnage, c'est un art. Les multiplier, une industrie dans laquelle nul ne pouvait sérieusement rivaliser avec moi. J'avais inventé la commande récurrente pour les amateurs de variations autour d'un livre unique, toujours recommencé.

Je fournissais à volonté des Rastignac relookés (simples silhouettes ou croquis détaillés), des Bel Ami reconditionnés (avec ou sans livret de réinsertion) et des comparses en pagaille que je prélevais chez toutes sortes d'écrivains mineurs de ce XIXe siècle qui assurait ma fortune. J'avais adoré Gaboriau et j'espérais ressusciter la veuve Lerouge pour quelque volume de la collection noire...

Âgée d'une cinquantaine d'années, la veuve Lerouge est retrouvée sauvagement assassinée dans sa maison !
Tous les indices conduisent à un jeune homme de bonne famille : les preuves matérielles sont accablantes.
L'assassin paraît tout désigné et l'affaire bouclée.

J'avais prélevé l'ensemble des personnages, soigneusement encartonnés, sur l'étagère qui me faisait face. Je caressais particulièrement du regard détective et procureur qui se retirent de la carrière parce qu'ils se sont, l'un comme l'autre, trompés de bout en bout ! Aveuglés par leurs passions respectives, ils prennent leur retraite à la fin du roman, bien décidés à ne plus accuser ni juger personne ! Leur probité et leur candeur me ravigotaient lorsque l'uniformité régnait sur les commandes. Je les sortais de leurs cachettes, les priant de jouer

pour moi alternativement tous les rôles. Ils s'en tiraient très bien. Aussi crédibles en fils prodigue qu'en assassin machiavélique, je ne m'en séparerais qu'à regret, le jour où je me déciderais à les faire entrer au catalogue.

Le roman du XXIe siècle recycle tout. Telle était plus ou moins ma devise. Je pillais, forais, subtilisais, sans m'encombrer d'aucun interdit, gisements de livres et de manuscrits. En France comme à l'étranger. Avant même d'être passée à mon compte, j'anticipais les grandes tendances de la littérature mondiale. Je sus ainsi, bien avant mes concurrents, que les ultimes soubresauts du Nouveau Roman allaient booster les affaires ! On allait s'arracher les personnages d'écrivains ! Pour faire face à la ruée pressentie, je filais tout droit au Québec, fouiller les tiroirs – rarement ouverts en France à l'époque – de la littérature de la Révolution tranquille. Les romanciers y pullulaient. Pas un vendeur de hot dog qui ne s'enferme pour écrire[1]. Pas un roman qui ne comporte son écrivain en herbe. Ce que j'avais prévu se produisit. J'étais prête. Toutes sortes de plumitifs ornaient déjà mon catalogue.

1 Si vous voulez vraiment en savoir plus, consultez l'index.

La recherche fit sourdre en moi une véritable passion de la mise en abyme.

J'en devins rapidement la grande spécialiste.

Quand la demande explosa, je n'eus aucun mal à satisfaire tout le monde, j'inventais même de les vendre par couples, mes écrivains : deux frères ou équivalents, l'un célèbre, l'autre pas ; l'un raté, l'autre pas ; l'un engagé, l'autre pas. Tout romancier avait chez moi son double, euphorique ou aphasique. Bref j'avais accumulé suffisamment de prototypes pour fabriquer à la commande plusieurs moutures modernisées de Jekyll et Hyde.

> MISE EN ABYME,
> DEFINITION APPROXIMATIVE
> Art de disposer un tableau dans le tableau.
> Ex : La Vache qui rit dans la Vache qui rit.
> Ex 2 : Le roman/cier dans le roman/cier.
> – Parce que la romancière, non ?
> – Si, si mais vous verrez, c'est beaucoup plus rare.

J'eus la joie d'étendre ainsi, en quelques années seulement, ma clientèle jusqu'aux écrivains hispanophones ! On y aime beaucoup aussi parler livres dans les livres.

Mais il ne faut pas renier ses débuts. À chaque acquéreur potentiel, je proposais un échantillonnage qui comprenait au moins un Balzac. Il faut dire que, dès mes débuts, j'avais vidé son Cénacle sans la moindre vergogne – le personnel de l'Agence veillant efficacement à colmater les brèches.

J'avais par exemple extrait, du *bocal aux grands hommes* (j'aime l'image, je l'avais collée sur sa fiche), Daniel d'Arthez, l'écrivain *à la gloire posthume*.

Que raille Lousteau le médiocre loustic d'*Illusions perdues*.

Pauvre d'Arthez, si sage et si lucide ! J'avais noté les conseils qu'il prodigue au jeune Lucien de

Rubempré, à peine monté à la Capitale : *Vous êtes sur une belle et bonne voie* [...], *mais votre œuvre est à remanier. Si vous ne voulez pas être le singe de Walter Scott, il faut vous créer une manière différente* [...].

Je souriais en relisant le message (subliminal) adressé ainsi à mes clients. Ce n'est évidemment pas ce type de conseil qu'on attend de moi, mais je n'avais pas pu résister.

Daniel hélas ne passait pas les castings. Je lui ai quand même dégotté, tout récemment, un emploi de préfacier chez Minuit. Pas sûr que cela lui convienne.

Avec Lucien de Rubempré, c'est plus facile en vérité, tout le monde se l'arrache. J'avais fabriqué un pitch qui, en 3' chrono, le présentait en homme à tout faire de la critique littéraire. Avec lui, la satire de la presse prenait des allures de jeu d'enfant. Je l'imaginais bien en roi de l'infox, passé sur les réseaux sociaux. De fait, j'en vendis toutes sortes d'exemplaires. Il était rarement à la fête dans les romans où ses nouveaux auteurs le transplantaient.

Pourtant je l'aimais bien, Lucien ; dans une autre vie, j'aurais tenté de le ramener à sa vocation ini-

EXTRAIT DU CATALOGUE

Né en 1795, **Daniel d'Arthez** est issu d'une famille picarde. On ne connaît de lui que son incorruptible génie.

Mérite d'être redécouvert.

Étienne Lousteau est né en 1799 à Sancerre.

Il apparaît essentiellement dans *La Muse du département, Illusions perdues* et *Splendeurs et misères des courtisanes.*

Arrivé à Paris pour faire carrière dans les lettres, il finit mal : « scribouillard envieux, aigri, et endetté, quitté par ses maîtresses les plus naïves. »

Délai à prévoir. Article très demandé.

Né Lucien Chardon en 1798, **Lucien de Rubempré** est le personnage principal des *Illusions perdues* et de *Splendeurs et misères des courtisanes.* Amant respectivement de Coralie et Esther qu'il mène à leur perte, il est le jouet de Vautrin, alias Trompe-la-Mort, M. de Saint-Estève, Carlos Herrera etc. etc. Lui-même, dit-on, inspiré de Vidocq.

Malléable. Se prête à tous les scénarios.

tiale. Il se voulait poète, Lucien, avant que le terrible Vautrin ne le prenne en mains. Mais je n'avais pas les moyens d'une telle entreprise. À défaut, j'étais parvenue à exfiltrer Coralie puis Esther, toutes deux saines et sauves. J'aime assez les happy end et leur pouvoir supposé de résilience.

Ne croyez pas qu'il soit si facile de constituer un catalogue susceptible de répondre dans la minute à toutes les commandes. Mais avec *La Comédie Humaine*, évidemment j'étais parée.

Inépuisable Balzac !

Tellement plus facile à monnayer que Proust.

Ses adeptes ne recourent guère

à mes services.

J'adore Perec.

Mais *Longtemps je me suis couché par écrit* n'appelle pas de personnages.

De fait, il ne m'a jamais fait signe. Pas plus que ses descendants. Je l'ai vécu comme un échec dont je console difficilement.

Recycler Balzac est à la portée de tous. Je fournis les matériaux. Trois fois rien, pour les plus imaginatifs. Une bio complète pour d'autres. Quand le temps me manque, je pille les dictionnaires. Un peu de rewriting – j'ajoute du rythme, j'actualise le lexique des notices – et l'affaire est jouée.

Les choses sont plus compliquées avec Stendhal. Personne ne veut du héros de *La Chartreuse de Parme*. Mes clients, si romanciers soient-ils, dépassent rarement les premiers chapitres (exposés par morceaux au catalogue) avant de passer commande et force est de constater qu'on ne décrit plus la guerre avec des yeux novices. Julien Sorel se vend bien. Un transfuge de classe est un article très prisé mais Fabrice del Dongo ! Il n'y a pas jusqu'à sa belle énergie qui ne soit complètement anachronique. Avant de le reléguer dans l'enfer de ma bibliothèque personnelle, j'ai tenté une dernière expérience. Je l'ai flanqué d'un spécialiste, capable de lui expliquer 1815 en temps réel, j'aurais volontiers cédé les deux pour le prix d'un, mais ça n'a pas fonctionné. N'avoir rien vu à Waterloo, à l'heure des chaînes d'infos en continu, transforme illico Fabrice en parfait imbécile.

Les héroïnes de Stendhal sont plus recherchées.

Oserais-je jamais enlever la Sanseverina ?

Je ne m'y suis pas encore risquée. D'ailleurs elles sont légions, les femmes, dans les romans du XIXe. Je n'ai que l'embarras du choix. Ma clientèle aussi. Petits et grands formats. Esquisses. Inserts prêts à coller. Stéréotypes que je vends aussi bien construits que déconstruits. Tous mes clients hélas n'ont pas les mêmes exigences.

Aucune romancière n'a jusqu'ici fait appel à mes services. Le temps viendra où j'aurai, pour elles aussi, des articles intéressants.

Zola est à la mode. Le bouche à oreille m'a rendue si célèbre que j'aurais vidé d'un coup *L'Assommoir*, *Germinal* et *Le Bonheur des dames* si j'avais accepté de satisfaire la demande. Mais j'ai la page blanche en horreur ! La pratique de l'enlèvement requiert patience et persévérance. C'est qu'il en faut des lectures pour que repousse le moindre comparse ! Heureusement, je ne suis pas seule. Anne, lectrice hypermnésique, me seconde efficacement. Je l'ai embauchée dès l'ouverture de l'Agence, à charge pour elle de recruter son équipe, taillée pour faire renaître, aux bons endroits de chacun des livres amputés, les personnages transplantés. Les plaies causées aux volumes se referment quand les nuits blanches se multiplient.

Un dernier mot.

L'actualité joue aussi son rôle dans l'évolution du marché. L'épidémie récente a modifié le paysage. On réclamait des médecins à hue et à dia. Certains de mes clients, parmi les plus réguliers, voulaient réécrire *La Peste*. Inventer de petites dystopies médicalement assistées. Avec Balzac, j'étais tout sauf démunie. Je ne fis donc que deux ou trois petites acquisitions. La première me mena chez *Le Docteur Pascal*. J'emprunte rarement ustensiles et objets aux romans que je visite mais ceux de Zola sont si tentants. Et si l'Armoire aux archives n'entrait pas au catalogue, elle me serait sans aucun doute très précieuse à l'Agence.

Après l'y avoir déposée, je fis un grand bond et me projetai tout de go dans *La Vie devant soi*. Je ne voulais pas enlever Momo :

Il est infalsifiable, Momo. C'est le Dr Katz qui m'intéressait. J'allais le chercher à la presque fin du roman, alors que Momo l'implore d'*avorter* Madame Rosa. Elle a si peur d'être raflée ! Le Dr Katz refuse évidemment.

Souvenez-vous, c'est lui qui parle à l'ouverture du roman :
La première chose que je peux vous dire c'est qu'on habitait au sixième à pied et que pour Madame Rosa, avec tous ces kilos qu'elle portait sur elle et seulement deux jambes, c'était une vraie source de vie quotidienne, avec tous les soucis et les peines.

Amené dans les bureaux de l'Agence, peut-être le médecin juif se laisserait-il convaincre des bienfaits de l'euthanasie ?

Mon stock, dans l'ensemble, manquait d'humour. Or je voulais soigner mes auteur/es. Ayant lu sur Internet que le *jeune médecin* du roman éponyme de Boulgakov était un *puissant anxiolytique pour nuits de garde* à l'hôpital, j'en fis également provision.

PETIT LEXIQUE : ÉPONYME
Adj. Se dit du personnage qui donne son nom au roman.
Question : peut-on dire d'Emma Bovary, née Rouault, qu'elle est éponyme ?

Mais la fille au manteau jaune, que venait-elle faire dans cette histoire ?

Elle était sortie sans crier gare d'un roman de Modiano. C'était la première fois que j'acceptais d'enlever (qu'imaginer d'autre, de la part de ma cliente ?) un personnage aussi fuyant.

Je n'étais pas prête à la reconduire n'importe où.

Oserais-je même lui adresser la parole ? Elle s'évanouirait dans le métro, dès qu'elle se sentirait démasquée.

Ce jour-là, elle se tenait trop près du bord. *Je suis montée dans le wagon, derrière elle. À quelle station allait-elle descendre ?* Le wagon se vida à République. Elle n'avait pas quitté la portière. Son téléphone vibra. Je la regardais sans doute avec trop d'insistance.

Elle avait fermé les yeux. J'aurais aimé que son reflet s'inscrive sur quelque

Dubo

Dubon

Dubonnet

à demi effacé.

Elle descendit à Charonne. Je la suivis dans les couloirs. Elle marchait vite. Je remarquais son sac à dos. Que cherchait-elle dans le monde réel ?

Et moi, quand avais-je décidé de l'aider ?

Elle marchait tout droit, rue des Boulets, rue de Picpus. Voulait-elle disparaître à son tour dans Paris ? Ou était-ce moi qui ne savais lire Modiano qu'à l'aune de *Dora Bruder* ?

Elle s'est sauvée, deux fois,
Dora,
mais elle est revenue,
deux fois

Et la frontière **41 BOULEVARD ORNANO, où habitaient Ernest et Cécile Bruder, ses parents.** sur eux

s'est refermée

Non, la fille au manteau jaune ne reviendrait pas en arrière. Elle avait quitté son roman et marchait à présent vers l'hôpital des Diaconesses. Elle ne rentrerait pas chez elle. Je ne l'y obligerai pas.

Le lendemain, je l'attendais de nouveau sur le quai du métro Chaussée d'Antin.

À six heures, elle n'était pas descendue.

Peut-être m'avait-elle repérée.

Un peu plus tard,

ce fut comme une apparition.

De quel couloir était-elle sortie ? Elle s'arrêta sur le quai et vint s'asseoir à mes côtés. Elle portait un manteau jaune qui n'était peut-être pas le sien.

Nous ne bougions ni l'une ni l'autre.

Je posais pour finir ma main sur son épaule. Elle eut un sourire fatigué. Je lui proposais de la raccompagner.

Elle parut soulagée.

Peut-être allait-elle me raconter son histoire ?

Sa fuite.

Il devait être dix-neuf heures quand nous montâmes dans la deuxième voiture, tournant le dos aux voyageurs. Dubonnet avait disparu, je fis comme si je n'avais rien remarqué.

À République, nous prîmes la direction Gallieni et descendîmes à Père-Lachaise. Elle habitait rue du Chemin Vert. Personne ne viendrait la chercher dans ce quartier. Nous passâmes entre les deux guérites de la Petite Roquette pour entrer dans le square du même nom.

Durant un bon siècle, on y enferma des enfants

– Jean Genet avait quinze ans quand il y fut incarcéré –

dans les cinq cents cellules individuelles que comptait la prison.

Prison modèle. Dans laquelle on expérimenta un régime pénitentiaire tout neuf :

isolement complet,

de jour comme de nuit,

à la promenade

comme

à la messe

où les enfants étaient menés encagoulés et parqués dans des box. Rien de mieux pour éviter la contagion.

Dans les années trente du XXe siècle, la *maison cruelle* – c'est le titre d'un essai qui lui est consacré – devint une prison pour femmes. Les menait-on, elles aussi, à la messe, une cagoule sur la tête ? La fille au manteau jaune s'arrêtait chaque soir dans le petit square qui fut construit à l'emplacement de la prison, elle-même détruite en 1970. C'est du moins ce qu'elle m'avait dit quand elle s'était mise à parler. Je sentis le vertige la gagner. De nouveau, je mis ma main sur son épaule. Elle me parla de La Salpêtrière, de *ces corps de bâtiments irréels, intacts depuis le XVIII*^e^ *siècle* [...] *qui lui évoquaient Manon Lescaut et l'époque où ce lieu servait de prison aux filles, sous le nom sinistre d'Hôpital Général, avant qu'on les déporte en Louisiane.* Fuyait-elle des souvenirs qui n'étaient pas les siens ?

Elle avait quitté le 11 de la rue Coustou pour le 14 rue du Chemin Vert. Déserté son *quartier natal.* L'hôtel où Modiano avait écrit son premier roman. Où sa propre mère avait vécu jadis. C'était trop lourd pour elle qui ne voulait se laisser enfermer, ni par l'une ni par l'autre. Elle avait disparu sans laisser de traces, c'est du moins ce qu'elle espérait. On disait son auteur détective amateur, bouclant rarement ses enquêtes... Elle avait tenté sa chance, sauté le pas.

Très vite cependant, elle s'était sentie observée.

Pourquoi s'adressait-elle à moi ? Contrairement à ce que je croyais, elle m'avait repérée dès le premier jour. Mes facéties en jaune l'avaient amusée. Sans doute ressemblais-je à la pharmacienne du roman qui avait tenu à la reconduire chez elle. Une présence bienfaisante, apaisante. Qui avait veillé sur elle, tout au long de son histoire. Elle imaginait le monde réel calqué sur celui qu'elle avait quitté. Et comptait sur moi pour la mettre à l'abri, n'ayant rien deviné de moi ni de mes activités professionnelles.

Au fil des jours, mon manège l'avait intriguée. Je ne l'abordais pas. Ne la suivais pas. Ne semblait en rien vouloir la contraindre. C'est ce qui l'avait décidée à m'approcher.

« Je suis celle qu'on a lancé à vos trousses. – La Petite Bijou me jeta un regard incrédule – J'ai été chargée de vous localiser au plus vite. »

Je lui parlais de mes activités professionnelles. « Habituellement, je prélève, dans les romans des siècles passés, les personnages dont mes clients ont besoin.

Mais avec vous,
c'est une autre histoire
Et je ne suis pas sûre d'honorer mon contrat.

— Montons chez moi, me dit Thérèse.

C'est son nom véritable dans le roman de Modiano.

*

**Au 14 RUE DU
CHEMIN VERT
3e étage gauche**

Thérèse m'offrit un sirop, couleur menthe à l'eau, et s'installa en face de moi. La pièce qui servait aussi de chambre comptait peu de meubles, un petit secrétaire dans un coin, beaucoup de lumière et de livres, disposés au pied des murs qu'ils semblaient soutenir. Elle lisait chaque soir, cherchant sans grande méthode où se réfugier : dans un roman, une biographie pourquoi pas ? Elle avait beau s'être sauvée, elle respirait mieux dans les livres. Mais elle voulait changer d'époque. Remonter le cours du temps. Parfaire une éducation qu'elle jugeait négligée. Elle regrettait de n'être pas née dans un roman de formation, rêvait d'y achever son instruction. N'avais-je pas l'une des plus formidables collections de romans du XIXe siècle ?

Je hochais la tête en silence, attentive à la musique de sa voix.

En attendant de trouver son point de chute, elle s'était procuré toute la série des *Nouveaux Mystères de Paris*. Nestor Burma avait été enfermé à la Petite-Roquette, en 1926, ça lui semblait de bon augure. Peut-être pourrait-il l'aider à démêler le vrai du faux. Pas une enquête qu'il ne boucle ! Un mystère qu'il n'éclaircisse ! Tout le contraire de son auteur. Elle le savait avenant avec les dames et n'avait rien contre un peu de marivaudage. La nuit, dans les chambres modianesques, on écoute des radios lointaines dans des langues elles-mêmes lointaines,

Le persan des prairies
par exemple
On y trouvait la caresse du vent
dans les herbes et le bruissement des cascades

Elle avait soif d'aventures moins poétiques. Je lui promis aide et conseils.

Le lendemain, nous avons arpenté Paris, le Boul'Mich plutôt que le *Boulevard Ossements, Les Nouveaux Mystères* sous le bras, pour qu'elle se mette en condition. Elle avait troqué son manteau jaune contre un duffle-coat qui lui semblait dans le ton. Son pas gagnait en assurance. Nous avons longé le Val-de-Grâce ; en septembre 1917, Aragon et Breton y déclamaient *Les Chants de Maldoror* faisant hurler les pensionnaires du Quatrième Fiévreux. À moins que ce ne soit les bombardements. On ne mettait pas les fous aux abris pendant la Grande Guerre.

Je ne passais jamais devant l'ancien hôpital militaire sans une pensée pour les deux poètes dont je lui racontais la rencontre. Elle m'écoutait distraitement.

Nous avons rejoint la Seine, Quai Saint-Bernard, Quai d'Austerlitz. Je la voyais changer de minute en minute, heureuse de retourner au monde des livres.

Elle s'enfonça
dans le *Brouillard*
au Pont de Tolbiac.

Je l'abandonnais sans inquiétude. Aucun risque que Nestor l'entraîne dans ses aventures. Il la planquerait quelque part dès qu'elle lui aurait conté ses malheurs. « Ma mère, je ne sais pas si elle est morte au Maroc... »

De retour à l'Agence...

J'étais une écologiste de la littérature, ennemie de l'enrichissement personnel, quelle ne fut pas ma surprise quand je découvris une Hélène Chatelain qui s'était d'elle-même recyclée ! Elle avait profité de l'apparition de Thérèse pour disparaître à son tour. À peine remise d'une grippe asiatique qui l'avait tenue au lit une enquête entière de Nestor, la belle Hélène avait pris la poudre d'escampette. Elle avait débarqué chez moi, attendant sagement mon retour. Je ne la reçus pas sans réticence, Nestor sans Hélène, impossible ! Mais elle insistait, sa place était désormais à mes côtés. Elle avait envie de travailler dans un environnement féminin. « Nestor se consolera avec Thérèse. Je lui ai appris les rudiments du métier, elle est futée, elle fera très bien l'affaire. Et puisqu'elle aime Paris, Léo Malet devrait lui plaire. »

Il faut vivre avec son temps. Depuis les années soixante, le mentir-vrai avait fait d'immenses progrès. Après avoir découvert que *Titus n'aimait pas Bérénice*, on révisait ses classiques en toute simplicité. Les romanciers organisaient des séances de rattrapage, qui me valaient bien des commandes. Hélène avait raison, il me fallait une secrétaire.

Elle inspecta les lieux – les pièces de l'Agence étaient vides et modulables, ce qui est bien pratique quand on grandit au hasard –, et s'attribua – assez loin de l'atelier dont il fut question plus haut – un bureau,

attenant à la salle d'attente

Le bureau d'Hélène	**Salle d'attente où m'attendaient une, deux, trois femmes.**

Le tout situé rue Lalande
dans le quatorzième arrondissement

Elle introduisit pour commencer deux lectrices qui espéraient profiter de l'essor de mon entreprise. Elles avaient eu vent des contrats que je n'avais pu honorer. Elles adoraient l'auteur de *Germinal* dont elles connaissaient par cœur des volumes entiers. Elles rêvaient de grèves victorieuses et de Nana à qui épargner la vérole. Depuis *Les Liaisons dangereuses*, c'est le sort de bien des femmes libres, proclamaient-elles. Il était grand temps d'y remédier. Je me gardais bien d'objecter et les laissaient dérouler leur CV.

Dans le secteur du repeuplement romanesque, elles pensaient faire des prouesses. Avec un peu d'entraînement, elles comptaient battre des records : atteindre les 600, et pourquoi pas 700 mots par minute ! Elles avaient travaillé, comme institutrices remplaçantes, à l'amélioration des performances des enfants. Elles savaient tout sur le sujet. Les bénéfices de la très grande vitesse sur la comprenette des bambins. Je pourrais m'atteler à l'ensemble des *Rougon-Macquart* sans provoquer de pénurie.

Je n'étais pas convaincue. Si j'embauchais des lectrices spécialisées pour tout auteur un peu prolixe, il me faudrait déménager. Or j'aimais bien la rue Lalande, si proche de la rue Daguerre et du cimetière Montparnasse. Baudelaire y est enterré. Beckett aussi. Mais le zèle est contagieux et je confiais leur installation à ma première lectrice dont le bureau était tout revêtu de livres.

Le bureau d'Anne Première lectrice	L'ôtrice Entrer sans frapper

Anne créa de toutes pièces le bureau des zolistes.

Ledit bureau tout en longueur, c'est qu'il fallait y loger tous les Rougon-Macquart !

Elle installerait ses prochaines recrues dans un cabinet mitoyen dont elle avait imaginé les meubles : fauteuils et canapés en feuilles de papier barrière Canson 80 g. Reliées. Noires. Pupitres réglables en hauteur. Embase trépied pour une stabilité irréprochable. Elle comptait embaucher des tourneuses de pages, pour accélérer encore la vitesse de réparation des ouvrages. Surfant en permanence sur Gallica, l'île au trésor de la Bibliothèque Nationale de France, Anne travaillait en temps réel. Personne jusqu'ici n'avait rien remarqué. Ni les disparitions, ni les réparations.

Que de révolutions depuis l'ouverture de l'Agence !

Il était cinq heures un quart – dix-sept heures quinze *en dialecte d'horloge parlante* – quand Hélène, qui parle le Malet à la perfection, introduisit la cliente qui m'avait lancée sur la piste de la fille au manteau jaune. Allais-je lui dire que j'avais localisé Thérèse et décidé de la mettre à l'abri ? Il me fallait gagner du temps. Je lui annonçais que je n'étais pas seule à suivre la fille au manteau jaune. Elle prétendit ne rien savoir d'une éventuelle concurrence et m'assura que j'avais l'exclusivité sur les romans de Modiano. Oui, elle travaillait pour lui et lui avait parlé de moi. De mes kidnapping réussis. De mon excellente réputation. Il s'était d'autant plus facilement laissé convaincre qu'il m'avait vue à l'œuvre dans *l'Histoire des Treize*. Il avait aimé ces *treize hommes également frappés du même sentiment, tous doués d'une assez grande énergie pour être fidèles à la même pensée, assez probes pour ne point se trahir, alors même que leurs intérêts se trouvaient opposés, assez profondément politiques pour dissimuler les liens sacrés qui les unissaient, assez forts pour se mettre au-dessus de toutes les lois, assez hardis pour tout entreprendre, et assez heureux pour avoir presque toujours réussi dans leurs desseins.* Il jalousait un peu Balzac pour cette énergie qui lui faisait défaut. Il avait décidé de rivaliser avec lui sur le terrain des personnages. « Je ne vous l'ai pas dit, de crainte de vous effrayer. Il veut reprendre Thérèse dans son prochain roman. Il a ouvert *La Petite Bijou* sans réussir à mettre la main sur elle. »

La perspective n'avait pas de quoi la réjouir. Elle voulait changer d'air. Après l'échec de sa tentative de suicide, à la toute dernière page de son roman, Thérèse s'était réveillée dans un service de Grands Prémas. C'est par là qu'elle avait fui.

Elle ne m'avait pas dit de quel hôpital il s'agissait.

> *J'étais dans une grande cage de verre. J'ai regardé autour de moi. D'autres cages de verre contenaient des aquariums.* [...] *Je me demandais quelles pouvaient bien être ces ombres dans les aquariums. Plus tard, on m'a expliqué qu'il n'y avait plus de place et qu'on m'avait mise dans la salle des bébés prématurés. J'ai entendu longtemps encore le bruissement des cascades, un signe que pour moi aussi, à partir de ce jour-là, c'était le début de la vie.*

Je me souvins de ce qu'elle m'avait confié avant de disparaître chez Burma. Elle avait pris très au sérieux cette promesse d'une vie nouvelle. « On ne finit pas un roman dans un pareil lieu, sur une pareille image, sans une idée derrière la tête. » Quand elle saurait tout sur sa mère, elle pourrait prendre son envol.

Je revins à ma cliente.

— Pourquoi Modiano ne reprendrait-il pas une de ses *inconnues* ? Elles ont plus de potentiel que Thérèse. Il en a rempli un recueil entier. De simples silhouettes, à peine esquissées. La greffe prendra, quelque soit son choix. Et l'heureuse élue lui en sera infiniment reconnaissante.

Ma cliente me tourna le dos et sortit en claquant la porte.

Il fallait prévenir Thérèse. Direction la BNF.

Elle surgit métamorphosée quand j'arrivais dans la salle de lecture. Chevelure aux reflets roux d'une coupe rajeunie, bas extra-fins. Silhouette élancée, élégamment vêtue d'une jolie robe jaune. Bref, c'est une Thérèse toute pimpante qui vint à ma rencontre.

Hélène avait vu juste, elle s'était baguenaudée dans les caves germanopratines d'un *Micmac moche sur le Boul'mich*. Avait adoré, au *Tabou*, l'élection de Miss Poubelle dont elle ignorait la triste fin. Elle n'est pas faite pour courir les cadavres, Thérèse. Elle avait virevolté d'un livre à l'autre, d'un lieu à l'autre du Paris des années cinquante. Nestor avait toujours une enquête en cours et peu de temps à lui consacrer. Elle avait appris la sténo et réécrivait, dans une langue saturée d'hypothèses, ce que Malet raconte dans la sienne, bourrée d'images. De Nestor, elle aimait l'anarchisme plus que sa propension à découvrir des morts à chaque pas. Ce fut toutefois une bonne école. Ou une formidable thérapie. Rien ne semblait plus lui faire peur.

Elle avait ce faisant épuisé les *Nouveaux Mystères de Paris*. Où irait-elle désormais ? Quand elle apprit que Modiano la recherchait pour son prochain livre, elle voulut accélérer son transfert au XIXe siècle. Quelque chose cependant la chiffonnait chez Balzac.

« Avez-vous remarqué que ce ne sont jamais les filles qui montent à la capitale ? Et quand elles y vivent, elles en meurent ! » Il lui fallait une héroïne à la mesure de son ambition.

Je lui reparlais d'Aragon. Je me sépare rarement de mon *Aurélien* ; je l'ouvris au chapitre VIII :

> *Les Parisiens n'ont jamais de leur ville le plaisir qu'en prennent les provinciaux.*

Le ton péremptoire lui plut immédiatement. Voilà qui la changeait radicalement de son auteur. Elle m'écoutait avec avidité. *D'abord, pour eux, Paris se limite à la taille de leurs habitudes et de leurs curiosités. Un Parisien réduit sa ville à quelques quartiers, il ignore tout de ce qui est au-delà, qui cesse d'être Paris pour lui.* Jamais elle n'avait subi une telle rafale d'affirmations ; une voluptueuse sensation de dépaysement l'envahit lorsqu'apparut, isolée par le blanc et l'imparfait, celle qu'Aurélien trouva franchement laide à l'incipit :

> *Bérénice savourait sa solitude. Pour la première fois de sa vie elle était maîtresse d'elle-même.*

Elle jouit de tout, Bérénice. *Oh, le joli hiver de Paris, sa boue, sa saleté et brusquement son soleil ! Thérèse lui emboita le pas. Tout est facile à Paris. Rien n'y est jamais pareil à soi-même. Il y a des rues, des boutiques où l'on s'amuse autant à passer la centième fois que la première.* L'enthousiasme de l'une ne tarda pas à gagner l'autre. Que c'est beau, Paris ! *Là même où les voies sont droites, et pures, que de tournants... Nulle part à la campagne, le paysage ne change si vite ; nulle part, même dans les Alpes ou sur les bords de la mer, il n'y a de si forts aliments pour le rêve d'une jeune fille désœuvrée, et ravie de l'être, et libre*... Thérèse sentait tomber de ses épaules tout ce qui l'avait entravée jusqu'ici. La ville ouvrait devant elle tout le champ des possibles.

Bérénice (Thérèse sur ses talons) marchait *au hasard. Parfois l'envie lui prenait de changer de ville. Elle sautait dans l'autobus, n'importe quel autobus, et gagnait l'autre bout de la ville. Elle aimait rester sur la plate-forme, bousculée par les gens qui montent et qui descendent, sensible aux densités variables des quartiers.* Jamais Thérèse n'avait éprouvé un tel émerveillement. Elle m'adressa en pensée un signe de reconnaissance que je vis s'imprimer sur la page.

Je quittais la BNF en partie rassérénée. C'est un gros roman, *Aurélien*, de quoi l'occuper un moment. Après Saint-Germain-des-Prés, elle pourrait remonter le temps, découvrir le Paris des Années Folles. Dada, les surréalistes. Sacré changement de décor !

Je l'imaginais danser au Lulli's...
... s'enchanter des éclairages...

Du rose, ils tombèrent dans le bleu
– tout est couleur dans *Aurélien* –

Je la vis fréquenter le salon de Mary de Perseval... Serait-elle sensible à son snobisme et à sa collection de chemises ?

Je l'imaginais écouter Paul Denis
– un tout jeune surréaliste, un peu Aragon, un peu Crevel –
jouer du Poulenc.

Puis le récital de Rose Melrose
– la grande actrice –

Thérèse regarderait, sans la comprendre, la fureur de Paul colorer son visage quand Rose oserait déclamer du Rimbaud ... il faut dire que Rose est une

D'ANNUNZIO : poète fasciste.
Ce nom ne dirait rien à Thérèse, mais Bérénice, en avait-elle ressenti le scandale ?

ancienne maîtresse de D'Annunzio...

Une de mes consœurs travaille dans la note de bas de page. Elle annote, avec plus ou moins de fantaisie, les romans des uns et des autres, lorsque les allusions lui semblent mériter des éclaircissements[2]. Si Thérèse parvenait à s'incruster dans cet *Aurélien* en cours de modification, peut-être lui demanderais-je un coup de main. Nous pourrions fabriquer ensemble une belle édition pirate[3]. Et nous la cacherions dans un recoin de l'atelier.

Anne consultée, me répondit d'un vers

Toute table est de nuit

que je pris pour un oui.

2 Elle chipoterait par exemple sur le choix du terme « fasciste ».
3 Avec ou sans bio de d'Annunzio.

Pour l'heure je ne savais rien des aventures de Thérèse dans *Aurélien*. Irait-elle visiter les peintres ? Je les imaginais, Bérénice et elle, dans l'atelier de Picabia, vous savez le dadaïste. Il s'appelle Zamora dans *Aurélien*. Bérénice lui parlerait de Thérèse. Peut-on faire le portrait d'une émancipation ? À peine un défi, que le peintre releva deux fois.

1er portrait :

Zamora superpose,
comme il l'a fait pour Bérénice,
deux visages de Thérèse,
l'un modianesque,
aux traits à demi effacés,
et l'autre ostensiblement plus résolu,
en passe de devenir aragonien

2e portrait de la Petite Bijou

Le peintre recouvre
la silhouette de l'incipit :
Celle qui suit,
dans le métro,
une femme au manteau jaune qu'elle prend pour sa mère,
d'une photographie de *la grande cage de verre,* prise à la toute dernière page du roman de Modiano.

À moins que, supposant Thérèse hostile à l'avant-garde, Bérénice ne l'emmène chez Blaise d'Ambérieux, l'oncle d'Aurélien. Dreyfusard et peintre naturaliste dans un roman précédent.

Quand elle avait découvert ses tableaux, Bérénice les avait trouvés trop soignés, assez académiques même. *Des éléments bien dessinés, un personnage, des objets. Puis les mêmes autrement groupés. Évidemment le problème auquel Ambérieux s'attachait était, après dix tentatives, de faire rentrer dans le cadre restreint d'une toile, dix scènes, et trois décors, un rapprochement bizarre d'événements insignifiants, de fruits, de meubles, de rues. C'est un peintre des villes,* Blaise. Comment la minutie, le goût du détail qu'on voit dans ses toiles pourraient-ils ne pas séduire la Petite Bijou ? Bérénice lui montrerait l'étude pour coquillage que le peintre avait un jour donné à Aurélien. ... *on ne peut rien comprendre à ce tableau, si l'on n'a pas saisi l'importance du coquillage... C'est à cause de ce coquillage que je lui ai donné le tableau... Il appartenait à sa mère .... La mère d'Aurélien était très belle...*

Un personnage attachant, ce Blaise. Dans *Aurélien*, c'est un vieux bonhomme et un vieil amoureux. Un confident et un refuge pour Bérénice. Il ne manquerait pas, si elle lui rendait visite, de prendre Thérèse sous sa protection.

Je rêvais à d'autres bouleversements encore que son intrusion ferait surgir entre les lignes. Irait-elle jusqu'au bout du roman ? S'arrêterait-elle dès Bérénice enfuie ? Car Bérénice, elle aussi, disparaît. J'imaginais Thérèse s'attacher au héros désemparé. Tenter de lui expliquer ce qui s'était passé, l'abîme entre eux progressivement creusé. Mais je n'étais pas sûre que ce soit dans ses cordes. Elle n'est à ce jour ni très politisée ni très féministe, Thérèse.

Sans doute se contenterait-elle de jouir des ciels de Paris.

Il y a toutes sortes de gris...

Pendant que mon héroïne s'y perdrait, je pourrais reprendre mon activité. Retourner au métro Chaussée d'Antin. M'asseoir sur le quai. Un Proust sur les genoux. *La Fugitive* dans son édition à couverture jaune. Rivé à l'étoile, le jaune est, chez Modiano, la couleur la moins ambivalente. C'est du moins ce qui se dit.

Une autre Thérèse viendrait peut-être. Je lui adresserais la parole ou elle à moi. Je lui glisserais en confidence… « Une fille au manteau jaune, je l'attends… » Je la regarderais avec des yeux d'innocence… gagnerais sa confiance et je la livrerais à Modiano en lieu et place de l'originale.

Je me postai le lundi.

Je me postai le mardi.

Je me postai le mercredi.

Mais rien ne survint

À la Chaussée d'Antin

Hélène, à l'Agence, s'impatientait. Une attachée de presse de chez P.O.L était passée. Elle n'avait pas laissé de message.

Le recrutement des lectrices à qui confier tout type de texte à ravauder s'achevait. Anne les avait disposées en cercles autour de pupitres chargés de volumes que je n'avais pas encore visités. Elle avait installé les tourneuses de pages à leurs côtés. Tout ce petit monde attendait que je veuille bien reprendre mes activités dans les livres et déserter le monde réel. Fallait-il commencer à réparer *La Petite Bijou* ? Je n'avais pas donné de consignes.

Par crainte de la raréfaction du stock, les zolistes avaient enlevé, sans mon aval, nombre de vendeuses du *Bonheur des dames !*

Mais j'avais surtout besoin de jeunes premières

Peut-être aurais-je à fabriquer un roman pour Thérèse. Je voulais qu'il pullule de filles aux gilets jaunes, *même ternis, presque gris.* Quand viendrait l'heure, elle s'y dissimulerait sans plus risquer d'être reconnue.

Métro Chaussée d'Antin...

Le jeudi, je remarquais une toute jeune fille qui semblait hésiter sur le quai. Elle s'arrêta au niveau de la deuxième voiture.

Rapide regard vers moi à l'arrivée de la rame.

Qui était-elle ?

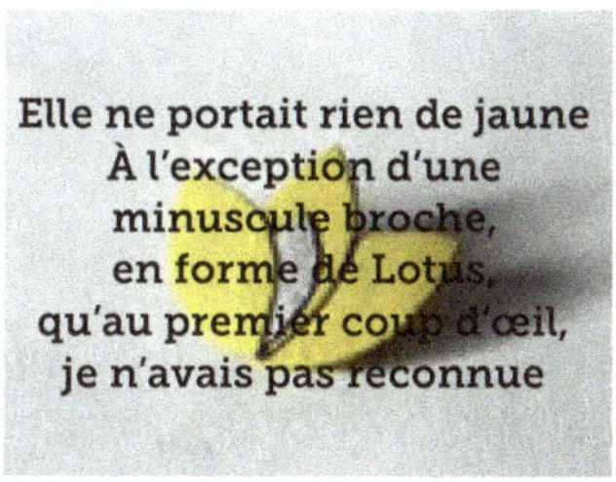

Je la suivis dans le wagon – relativement vide à cette heure – qu'elle traversa jusqu'à la vitre opposée. Quelle inscription contemplait-elle à son tour ?

Et qui cherchait-elle, Thérèse ou moi ?

À République, nous prîmes la direction Gallieni et descendîmes à Père-Lachaise. Elle marchait vers la rue du Chemin

Vert. Il me sembla qu'elle hésitait. Mais personne ne nous suivait. J'avais vérifié dans les glaces.

Allait-elle s'arrêter au 14 ?

Finalement elle bifurqua et franchit les portes de la Petite Roquette. L'herbe était verte. Il faisait beau. Nous étions en mars.

D'où venait-elle ?

Je m'approchais et mis la main sur son épaule. Elle me parla de *la grande maison* de son enfance. De sa mère qui lui avait demandé la permission de les abandonner, elle et son père. Elle voulait partir en Afrique vivre un nouvel amour. Je lui ai dit : « *Va-t'en, maman, va-t'en...* » *J'avais huit ans et je faisais de la boue près de la noria... j'adorais faire de la boue... avec de l'eau et un bâton...*

Je crus reconnaître ces phrases et murmurai, sans trop y croire : « Bérénice ? »

— Je ne m'appelais pas encore Bérénice à l'époque de *la grande maison.*

Maman m'appelait Nicette...
Et elle était très grave, comme jamais...
Ça ne peut plus durer...
Tu vois bien...
Ton père....

À quel trafic, Thérèse s'était-elle donc livrée ! Chassait-elle de leurs romans respectifs celles qu'elle prétendait rejoindre ?

« Est-ce qu'une enfance malheureuse prédispose à une vie malheureuse ?, demandait Bérénice. Est-ce ainsi qu'on raisonne, dans votre monde ? » Elle avait espéré échapper à son destin. Elle aimait celle qu'elle était devenue depuis son arrivée à Paris.

Je la voyais vieillir, comme si nous tournions ensemble les pages de son roman. Curieuse de tout, elle avait lu *Le Grand Meaulnes*, Charles-Louis Philippe, *Rimbaud naturellement...* N'avait pas détesté la voix de Rose récitant *J'ai embrassé l'aube d'été... rien ne bougeait encore au front des palais. L'eau était morte...* Ni poser pour Zamora au grand dépit d'Aurélien qui finalement l'achètera, ce tableau. Le peintre l'y a faite double. Superposant ces deux visages qu'Aurélien se croyait seul à connaître, la Bérénice aux yeux ouverts, celle aux yeux fermés qui ressemble, trait pour trait, à une jeune inconnue noyée dans la Seine.

Bérénice avait repéré Thérèse dès l'Étoile, le jeu lui avait plu. *Prendre une avenue au hasard, et se trouver sans avoir véritablement choisi dans un monde absolument différent de celui où s'enfonce l'avenue suivante...* C'était une bien belle promenade que leur avait octroyée Aragon. *Bérénice aimait, d'une de ces avenues dont elle oubliait toujours l'ordre de succession, se jeter dans une rue traversière et gagner l'avenue suivante, comme elle aurait quitté une reine pour une fille, un roman de chevalerie pour un conte de Maupassant.* Elle aimait qu'Aragon ait fait d'elle une femme libre, que n'habite aucun préjugé, qui parcourt la ville comme on traverse une bibliothèque éclectique.

Elle adorait les prémices de leur histoire, la description de ce qu'Aragon appelle *leurs jours alcyoniens.* « Vous souvenez-vous du restaurant des Mariniers, au chapitre XXXIV ? Nous déjeunions, dans l'île Saint-Louis, tout près de chez Aurélien :

Je m'étais mise à lui parler de moi. *C'était venu lentement, comme la confiance, par des voies ignorées.* J'en étais à *la grande maison...*

On ne peut pas tout à fait me connaître sans la grande maison...
J'étais seule avec mon père,
et les domestiques...
et le vent...
Une grande maison jaune et triste,
perdue dans les collines...
avec le soleil et le vent...

Il lui avait pris la main. Il cherchait de toutes ses forces à voir cette maison de Provence, l'enfant solitaire, ce père abandonné... Car sa mère était partie un jour pour ne plus revenir... J'aime cette intimité naissante autour d'une nappe à carreaux et sa brutale interruption par ceux qui ont combattu avec Aurélien dans les tranchées. Ils entrent, nous voient, s'installent à notre table. L'un d'eux tout au moins, l'autre seul n'aurait pas osé. Vous en souvenez-vous ? Avec eux, la guerre et ses hantises font irruption entre nous. Et c'est par mes yeux qu'on la voit lentement reprendre possession d'Aurélien. Il me quitte sans même en avoir conscience. *Aurélien ne serrait plus les dents... Il était pris à la conversation, en proie à ses fantômes...* Je m'efface sans en être affectée ; au contraire, je l'en aimais mieux, *crus un peu mieux à son amour.*

Vous connaissez la suite. Ses anciens camarades disparaissent. Nous montons chez lui. Aragon décrit en poète cette première fois qui n'aura pas lieu. C'est beau comme la Seine qu'on voit de sa fenêtre,

> *jaune, troublée, lourde des neiges et de boues d'ailleurs,*
> *sous le ciel échevelé de mèches blanches,*
> *avec ce bleu pâle, usé, de l'hiver parisien*
> *à travers les déchirures.*

J'aime l'image qu'il donne de moi. Le désarroi d'Aurélien. La montée du désir tandis que je visite les lieux, touche à tout, commente, interroge...

Écoutez :

> *Aurélien la regardait, et elle se déplaçait dans le champ variable de son regard. Il la regardait fuir, et revenir, se distraire de lui à toucher une étoffe,*

une stupide statuette au coin de la cheminée, une idiotie restée là par nonchalance...

C'est ma revanche sur l'incipit.

Qu'est-ce qu'elle allait penser, Bérénice, avec ses goûts modernes ?

Et si, à mon tour, je trouvai tout franchement laid ?

Il regardait Bérénice sournoisement revenir, jouer avec le feu, sûre d'elle-même, sûr de lui...

Et brusquement, patatras !

Suspendue à ses lèvres, je l'écoutais comme si je découvrais son histoire.

Aurélien décroche du mur le masque de l'Inconnue de la Seine...

Et Bérénice d'une tout autre voix annonça :

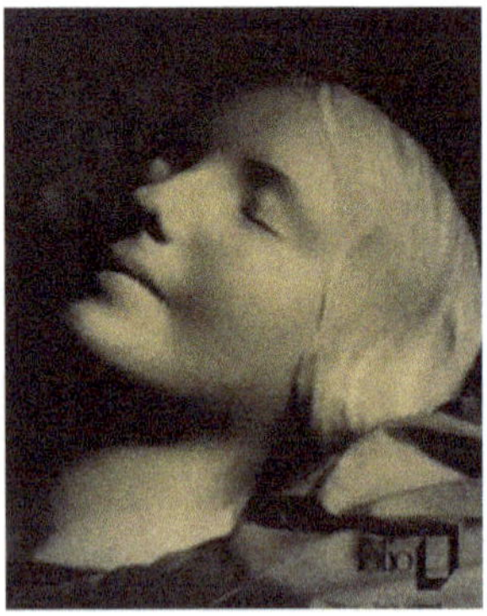

Aragon change de chapitre.
De ton.
De sujet.

*

Bouleversante Bérénice ! Elle poursuivit son réquisitoire, récitant d'une voix blanche l'incipit et des passages entiers dudit chapitre, sans m'en faire grâce. Pas plus qu'à ses lecteurs, Aragon lui-même :

XXXVI

Il y a une passion si dévorante qu'elle ne se peut décrire. Elle mange qui la contemple. Tous ceux qui s'en sont pris à elle s'y sont pris. On ne peut l'essayer, et se reprendre. On frémit de la nommer : c'est le goût de l'absolu.

S'ensuivent d'innombrables pages où il me dissèque, analyse, jusque dans ses moindres détails, mon mal imaginaire. Autant prêter des migraines à la Vénus de Milo !

Vous souvenez-vous de ce ton soudain docte ? *Les formes cliniques de ce mal sont innombrables.* Thérèse prétend l'aimer ce ton dont son auteur n'use jamais, moi pas ! Pas ici. Pas maintenant ! N'allions-nous pas « conclure », comme on dit dans votre monde ?

Et me voici brutalement recouverte par une glose pseudo-savante ! *Pourtant, si divers que soient les déguisements du mal, il peut se dépister à un symptôme commun à toutes les formes, fût-ce aux plus alarmantes. Les médecins peuvent dire de presque toutes les maladies du corps comment elles commencent, et d'où vient ce qui les introduit dans l'organisme...*

À quoi riment ces considérations médicales ?

Les zolistes auraient volontiers répondu. Pour moi, j'étais lasse du tour qu'avait pris la conversation. Pourquoi avait-elle mis ses pas dans ceux de Thérèse ? Elle attendait donc quelque chose de moi ?

Bérénice poursuivit sans désemparer analyse et mercuriale :

NE VOUS Y TROMPEZ PAS,
JAMAIS
VOUS NE VERREZ
AURÉLIEN ET BÉRÉNICE
BÉRÉNICE ET AURÉLIEN
AU LIT

J'aurais admis qu'il traite son lecteur, comme Jacques son maître, différant à l'infini l'histoire de ses amours… Mais non ! il fait le sentencieux ! Écoutez donc, s'écria-t-elle au bord de l'exaspération :

Qui a le goût de l'absolu
renonce par là-même à tout bonheur.

Aphorisme pour aphorisme, je préfère celui de l'oncle Blaise :

Les femmes avec lesquelles on couche, ce n'est pas grave. Le chiendent, ce sont celles avec lesquelles on ne couche pas.

*

Remarquez que j'aurais dû la voir venir, la tragédie ! Ne suis-je pas condamnée dès l'incipit ? Et Bérénice se mit à réciter : *Il y avait un vers de Racine que ça lui remettait dans la tête, un vers qui l'avait hanté pendant la guerre, dans les tranchées, et plus tard, démobilisé.* Vous souvenez-vous de ce maudit vers ?

Elle poursuivit sans me laisser le
temps de lui donner une réponse
que d'ailleurs elle n'attendait pas.

Je demeurai longtemps errant dans Césarée… Et d'où sort-il, ce vers, à votre avis ?

Silence derechef.

De la *Bérénice* de Racine évidemment. De cette pièce où l'on me quitte, croyant me consoler d'un titre ! »

*

Elle se tut ; un long moment.
« Toujours est-il, reprit-elle,
que c'est dans ce chapitre
précisément
– le chapitre XXXVI d'*Aurélien*,

qui précède immédiatement le meurtre de l'Inconnue de la Seine...– ,

que Thérèse était revenue.

Pour ledit meurtre, reportez-vous au roman.
Ce serait dommage de spoiler.

Elle avait disparu depuis un moment. Grisée par l'art de la promenade automatique, Thérèse ne me suivait plus que de loin en loin ; elle marchait au hasard dans les rues de Paris. Avait-elle senti la moiteur soudaine dont l'air s'était chargé ?

À peine surgie dans le chapitre XXXVI, elle me tira dans la marge et commença à raturer : ~~*Si Bérénice était pour Aurélien le piège auquel il devait totalement se prendre, il était lui-même pour Bérénice l'abîme ouvert, et elle le savait, elle aimait trop l'abîme pour ne pas venir s'y pencher.*~~ Thérèse déteste le tragique ; elle ne voulait à aucun prix d'un destin écrit d'avance. ~~*Quand, avec cet accent qui ne trompe pas, il lui avait affirmé que jamais de sa vie il n'avait dit je vous aime à une femme, pouvait-il savoir ce qu'il faisait ? pouvait-il imaginer quel aliment de perte, quel feu il lui donnait ainsi pour se consumer toute sa vie ?*~~ Le prévenir n'aurait rien changé, Thérèse préféra raturer.

J'avoue que je l'aurais aimée un peu moins coupante... Je me reconnaissais volontiers dans ce IL FALLAIT QU'IL L'AIMAT. *C'était plus nécessaire que l'air, plus indispensable que la vie.* Je n'avais pas le sentiment de bovaryser quand Aragon écrit : *dans cet homme mystérieux et simple, dans ce passant de Paris, elle allait se dépasser, atteindre au-delà d'elle-même à cette existence qui est à l'existence ce qu'est le soleil à la lumière.* Mais Thérèse avait raturé.

Elle fut, malgré moi, l'antidote parfait. Une sorte de contrepoison. Je ne rentrerais pas à R. où Aurélien, à la tête d'un régiment en déroute, devait me retrouver seize ou dix-sept ans plus tard. Je ne laisserais pas Aragon réaliser le rêve de Flaubert d'une autre fin pour *l'Éducation sentimentale.* »

Je perdais pied, Bérénice le sentit et tira de sa poche un petit livre dont elle me lut ce qui suit : « *Du Camp rapporte la consternation de Flaubert devant la malchance historique du livre : un an après sa publication éclata la guerre de 1870 et Flaubert pensait que l'invasion et la débâcle de Sedan aurait fourni une conclusion grandiose, publique et irréfragable à un roman dont le but est de retracer l'échec moral de toute une génération.* Ce que Flaubert n'a pu faire, Aragon l'aurait fait, si je n'avais pas quitté le roman avant la Débâcle.

En m'éclipsant dans l'intervalle qui sépare le roman[4] de son épilogue[5], je choisis de rester fidèle à celle qui fut mon modèle dans la vie réelle, Denise Naville : surréaliste, militante, traductrice ... c'est autre chose que Marie Arnoult, l'effacée de la dernière page !

Un long silence suivit la confession de Bérénice.

Surprise par le caractère brusquement déterminé d'une Thérèse décidément métamorphosée par chacune de ses aventures, je tâchais d'imaginer combien il me faudrait de lectrices pour réparer les dégâts. Renvoyer Bérénice était visiblement impensable. Et c'est bien malgré moi que je lui demandais ce qu'elle désirait.

— Je veux œuvrer à l'émancipation des personnages féminins.

Il ne me restait plus qu'à lui proposer de rejoindre l'Agence. Nous sautâmes dans l'autobus, pour regagner la rue Lalande. J'allais devoir lui faire de la place.

---

4 Attention la note suivante divulgache la fin du roman mais comprend-on, sans elle, les récriminations de Bérénice ?

5 Fuir l'épilogue, c'était refuser de mourir d'une balle perdue, fût-elle allemande. Combattante, oui, martyre, non !

Adaptation des locaux de l'Agence

Hélène

Bureau d'Hélène

Salle d'attente (Emma, Marie)

Atelier (jeunes premières en cours de fabrication)

(comprenant un placard pour éditions pirates)

installa

Bureau des zolistes et des Rougon-Macquart (réaffectation en cours)

Bérénice

Cercle des lectrices avec pupitres
Aurélien restauration en cours,
on entend le bruit des pages

Zone de stockage (Cénacle & Cie)

dans un bureau intercalé

entre celui d'Anne et le mien

Bureau d'Anne Première lectrice

Bérénice Relectrice

Glace sans tain

Ôtrice Entrez sans frapper

Mais sérieusement
peut-on
imaginer une vie de bureau
pour Bérénice ?

Elle s'y installa pourtant avec ardeur. Aux murs, elle placarda quelques conseils,

Soyez vous-même dès l'incipit
Exigez le direct libre

susceptibles de stimuler ses visiteuses et décida de s'attaquer aux principales héroïnes de Flaubert qu'elle fit – elle aussi ! – enlever sans m'en parler.

Le pot aux roses risquait à tout moment d'être découvert. Les zolistes promirent de battre leurs records. Il y a tant d'éditions ! Les illustrées, les annotées, les génétiques, sans parler des préfacées... Anne, qui mesurait l'ampleur de la tâche, supervisait le travail auquel toute l'Agence s'attela. Dès lors les reprises se répercutèrent ipso facto d'une collection à l'autre. Les coutures coulèrent de source. Les traductions suivirent sans sourciller.

Quand Emma arriva dans nos bureaux, il n'y paraissait déjà plus. Le bal au château de la Vaubyessard avait été raccourci – Thérèse était donc passée par là ?–. Le lendemain et les jours suivants, l'éblouissement persistait. Emma accompagnait en rêve, jusqu'à la CAPITALE, le vicomte qui l'avait fait valser. Elle voyageait par la pensée. *Comment était ce Paris ? Quel nom démesuré ! Elle se le répétait à demi-voix, pour se faire plaisir ; il sonnait à ses oreilles comme un bourdon de cathédrale, il flamboyait à ses yeux jusque sur l'étiquette de ses pots de pommade.* Si cruelle soit la chute, Anne avait veillé au maintien complet de la phrase.

L'Emma bis ne manqua pas un rendez-vous de la triste suite de sa funeste histoire. Rodolphe ni Léon ne soupçonnèrent rien. Quant à Charles, qu'aurait-il pu remarquer, le pauvret ? Bref, ce fut une disparition rondement menée.

Quand Bérénice fit entrer l'originale dans son bureau, nous étions au début du mois d'avril.

Derrière la glace sans tain qui nous séparait, j'écoutais, médusée.

Emma Bovary
Entretien de personnalité

Dès les premières questions,

— Commencez par dire qui vous êtes : nom, prénom, âge et ville d'origine.

— ...

— Avez-vous voyagé ?

— ...

— Quel a été le plus beau moment de votre vie ?

— ...

— Et votre plus mauvais souvenir ?

— ...

Bérénice sut qu'elle faisait fausse route. Pour fournir à Emma un emploi digne d'elle, il fallait tout reprendre à zéro. Chasser Charles des premiers chapitres. Pas d'ouverture sur l'entrée du *nouveau* au collège. « On se fiche de ses études comme de son premier mariage ! Un pareil début ne vous promet rien de bon, croyez-moi sur parole ! Pour éviter une saison 2 de même farine, il faut tout changer. Vous aimiez Walter

Scott et Marie Stuart, vous aimerez, si vous n'y prenez garde, *The Crown* et la reine Élisabeth. Avec ça, vos chances d'épanouissement personnel ne seraient pas améliorées. »

Emma ne sut que répondre à cette Bérénice qu'elle rencontrait pour la première fois. Mais elle avait lu son roman qui traînait dans la salle d'attente. Après tout, son Aurélien était-il si différent de Charles ? Une fois les yeux ouverts, la désillusion n'est-elle pas toujours la même ? Bérénice avait protesté.

— Reprenons, dit-elle. Certes, *Aurélien* s'appelle *Aurélien*. Mais je suis là, dès l'incipit, poursuivit-elle avec un rien de mauvaise foi.

— Pas franchement à votre avantage, rétorqua Emma.

— Apprenez, Emma, à lire entre les lignes. Ce n'est pas vraiment moi qu'on voit, dans ce *franchement laide* apparemment si désobligeant, mais Aurélien, un garçon plein de préjugés – *Les cheveux coupés, ça demande des soins constants.* –, qui a *des idées sur les étoffes*...

— Vous voyez bien, s'exclama Emma !

— Oui, il a des idées sur les prénoms aussi. *Qu'elle se fut appelée Jeanne ou Marie, il n'y aurait pas repensé, après coup.* Mais Bérénice. Aurélien n'a lu ni Rimbaud – mais qui donc connaît « Les Mains de Jeanne-Marie » ? – ni Flaubert, je vous l'accorde. Il s'ignore descendant d'un Frédéric Moreau dont vous-même ne savez sans doute rien. MAIS RACINE, IL L'A LU. » Et elle récita à nouveaux frais ces phrases qui l'avaient tant marquée. « *Il y avait un vers que ça lui remettait dans la tête, un vers qui l'avait hanté pendant la guerre, dans les tranchées, et plus tard démobi-*

lisé. Vous ne voyez-vous pas qu'on est dans sa tête, en prise avec ses hantises ? Imaginez-vous Charles doté d'un monologue intérieur ? Lui dont la conversation est *plate comme un trottoir de rue*. C'est vous qui le dites ! Dès le 7ᵉ chapitre de la première partie de votre roman, qui, dois-je vous le rappeler, ne s'appelle pas Emma mais *Madame Bovary*.

— *Aurélien* ne s'appelle pas non plus *Bérénice*.

— Venons-en à vos raisons d'être ici, dit Bérénice pour en finir avec cette dispute insensée. Afin de faire de vous celle dont la littérature d'aujourd'hui a besoin, il faut reprendre votre éducation de fond en comble. Que diriez-vous de commencer par l'École des Genres ?

La curiosité d'Emma était piquée. Elle s'empressa d'accepter.

Je n'écoutais plus que d'une oreille, je me demandais ce que Thérèse était devenue. Je me promettais chaque jour de passer la prendre à la BNF. Notre rencontre avait tout changé pour moi. Repeupler le roman contemporain ne me suffisait plus. Elle allait m'aider (si je parvenais à la convaincre) à changer le cours de la littérature. Je voulais ouvrir pour elle un atelier de modianisation. Elle s'attaquerait aux intrigues trop bien ficelées. J'imaginais la stupéfaction des chercheurs devant la prolifération des peut-être et autres points d'interrogation. Le bonheur des imprimeurs quand s'effacerait toute possibilité d'édition définitive. Le soulagement des lecteurs qui n'auraient plus à craindre, des livres qu'elle aurait retouchés, le rouleau compresseur de la noirceur historique.

Je me mis à l'imaginer trafiquant l'incipit des *Cloches de Bâle* – c'est le premier roman d'Aragon réaliste – que Bérénice lui aurait fait passer…

> *Cela ne fit rire personne quand Guy appela M. Romanet papa. Où donc était-ce ?* Guy n'en savait plus rien. *La petite table peinte où l'on voyait un pêcheur de crevettes jouant aux billes avec un montreur d'ours* lui revint brusquement en

mémoire. *Un artiste danois, paraît-il (comme le chien de la villa verte), l'avait décorée pour payer sa note.* Personne ne s'en souvenait plus.
Et M. Romanet ? Il avait disparu depuis longtemps.

Le résultat n'était pas très convaincant mais je ne doutais pas que Thérèse parviendrait mieux que moi à enrayer la marche à la guerre. Le roman se chargerait de tant de questions sans réponses qu'il ne rejoindrait jamais le congrès de Bâle qui réunit les socialistes européens, dans une ultime tentative pour empêcher le déclenchement de la guerre, transformant du même coup son titre en une énigme irrésolue. Parviendrait-elle ainsi à sauver Jaurès ?

Pulvérisant les dénouements tragiques, Thérèse se sentirait enfin à l'abri, tandis que s'effacerait une histoire littéraire qui faisait d'elle un personnage de ce temps qu'elle récusait. Les anonymes se multiplieraient, les copyrights disparaîtraient rendant intraçables les éditions originales. Plus personne ne serait la copie de personne. Sans doute devrais-je alors songer à ma reconversion...

La conscience de la réalité me ramena bientôt vers de plus sérieuses préoccupations.

Elles étaient désormais nombreuses, mes jeunes premières, et je ne pouvais les laisser plus longtemps sans emploi. D'autant que j'avais décidé de rendre mes zolistes à leur vocation initiale. Je les voulais lectrices ravaudeuses et non ôtrices supplétives. Je n'étais nullement satisfaite des vendeuses du *Bonheur* qu'elles avaient ramenées malgré moi. Qu'il s'agisse, comme elles me l'expliquèrent avec force conviction, de victimes inconscientes du capitalisme triomphant ne changeait rien à l'affaire. Je voulais bien prendre Denise à l'essai, l'accueillir lorsqu'elle vient tout juste de monter à la capitale. Je l'imaginais facilement en camarade de Thérèse arpenter les couloirs de la ville, avide de tout découvrir avant de rejoindre l'agence. Mais pour le reste de l'équipe, j'avais d'autres ambitions.

L'enlèvement resterait mon fond de commerce, la diversification des profils ma spécialité. Il me restait à féminiser mon Cénacle. Je voulais l'étoffer d'autrices, prêtes à prendre leur revanche. Que ce soit dans l'air du temps, je vous l'accorde. Mais ce ne sont pas de vagues considérations mercantiles qui me guidèrent. Quelle plus belle tâche proposer à mes jeunes premières ? Elles accueillirent la proposition avec ferveur et s'empressèrent d'aller forer, en cirés et bottes jaunes, les gisements méprisés de l'histoire littéraire.

Hélène se chargerait de créer les liens qui nous maintiendraient en contact.

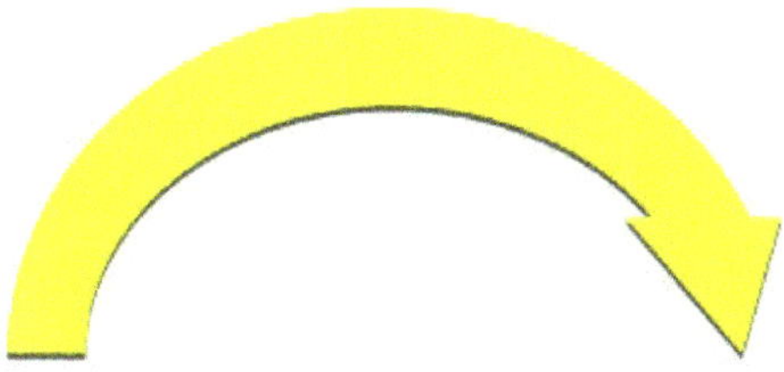

2

Nommons Eva la première à remonter.

Avait-elle traîné dans la salle d'attente, écouté Bérénice aux portes ? Ou croisé Emma dans les couloirs ? Elle revint en tout cas les bras chargés des papiers de Louise Colet et des lettres que Flaubert lui écrivit durant les années de leur folle passion.

« Il me faudrait de l'aide pour tout dépouiller, annonça-t-elle.

L'œuvre de Louise Colet commence bien avant sa rencontre avec Gustave. Elle est célèbre quand lui n'a encore rien publié. Ça se voit dans la correspondance. Et c'est assez troublant, cette différence entre elle, dont il admire les poèmes – et particulièrement les vers qui célèbrent ses prouesses sexuelles – , et lui, jeune homme prématurément vieilli qui prétend avoir déjà renoncé à écrire. »

Il t'eût fallu, je te l'ai dit dès les premiers jours, un homme plus jeune et plus naïf, dont le cœur moins mûr ait eu un parfum plus vert.

Lien activé : retour des jeunes premières

Les jeunes filles en jaune remontées des profondeurs firent cercle autour de nous.

« Comment ai-je rencontré Louise Colet ? Par hasard, sur Gallica, dit une Eva ravie de ses propres trouvailles. Appâtée par de multiples accroches – « les pionnières », « les oubliées »... –, je cliquais sans m'arrêter. Une voix singulière bientôt m'arrêta :

> *Nous entreprenons* (écrit Louise Colet au début de sa *Vie de Madame du Chatelet*) *une tâche plus humble. Il y a presque toujours dans la vie des grands hommes une attrayante figure de femme dont les biographes attachés à la principale figure dédaignent de s'occuper, ou qu'ils ne nous rendent qu'imparfaitement. N'est-ce pas aux femmes qui tiennent une plume à revendiquer ces touchantes et nobles mémoires, trop souvent méconnues de la postérité ? Les femmes sont un peu traitées par les historiens et par les moralistes comme on traite les nations vaincues* [...]

N'œuvrons-nous pas, nous aussi, à une sorte de réparation poético-politique ? » Eva me regardait timidement. Je souris. Elle poursuivit :

« Je lisais tout ce qui me tombait sous les yeux, découvris, dans *Un drame dans la rue de Rivoli*, les convictions de son Frédéric ! Comme il est différent de celui de Flaubert ! Louise rêve à travers lui *d'être utile*. Celles d'entre vous qui ont lu Gustave savent à quel point ce mot le fait frémir d'horreur... Écoutez-la : *Devenir par l'influence de la pensée ou de l'action un bienfaiteur de l'humanité, enflammait sa généreuse ardeur*. Pas de quoi réjouir son amant ! Écoutez ce qu'il lui écrivit, quelque part vers 1847 : *Je t'ai toujours vue d'ailleurs mêler à l'art d'autres choses, le patriotisme, l'amour, que sais-je ? un tas de choses qui lui sont étrangères pour moi, et qui loin de l'agrandir à mes yeux le rétrécissaient. Voilà un des abîmes qu'il y a entre nous.*

Entre les deux, mon cœur n'a pas balancé. J'ai lâché Flaubert pour Louise :

Si jamais la lutte devient grandiose et sanglante, je veux m'y mêler – écrit-elle en 1850 –, *je veux réunir toutes les femmes, toutes les mères, toutes ces sœurs en douleur et en misère, et leur faire comprendre ce qu'il faut dire, ce qu'il faut faire, ce qu'il faut exiger !... pour qu'elles ne soient pas éternellement des* machines à plaisir et à reproduction de l'espèce !

Voilà qui résonne singulièrement aujourd'hui !

Convaincues, les jeunes filles en jaune opinèrent en chœur.

La virulence de ses ennemis, la misogynie de son siècle, m'ont sidérée ! J'ignorais tout des violences que subissaient les femmes pour peu qu'elles veuillent écrire, peindre, ou sculpter. Sans doute, étais-je bien innocente, moi qui n'ai vécu qu'ici, protégée par ces murs !

Louise a vraiment beaucoup écrit, elle que la postérité a réduite au silence. Elle ne se contente pas d'inventer des histoires. Elle parle art et littérature dans chacun de ses romans ! Sinon dans chacun de ses poèmes. La mise en abyme, elle adore ! Voilà qui ferait d'elle une recrue idéale pour notre cénacle féminisé... », conclut Eva d'une voix timidement interrogative.

Elle m'avait gagnée à sa cause, bien sûr. Je lui donnais carte blanche pour décaper tout ce qui pourrait servir de matériau à qui voudrait s'en saisir parmi nos futures clientes. Je doutais fort que Louise intéressât ces messieurs... Je connais mes réguliers, leurs goûts communément conventionnels.

« Il me reste beaucoup à lire ! » souffla Eva.

Je lui permis de débaucher qui elle voudrait pour l'aider au dépouillement. Je n'imaginais pas Bérénice voler au secours d'une Louise qui devait lui inspirer une sympathie tout relative, mais sait-on jamais ?

Je me tournais alors vers le reste de l'équipe. Les jeunes premières rayonnaient d'enthousiasme. Contaminée par la ferveur quasi-générale, je me figurais fondant quelque

ouvroir de littérature
potentiellement
féminine

Et leur proposai quelques exercices formateurs :

— Écrivaines, peintres, poètes méconnues suscitent la curiosité des lecteur.es. À nous d'en profiter pour faire passer la mise en abyme au féminin. À vos crayons, m'écriais-je révélant du même coup un goût certain pour l'anachronisme :

Imaginez Emma en romancière.
Qui choisirait-elle dans le catalogue ?
Pas un médecin, c'est sûr !

Décrivez-la en Emily Brontë.
Comment réécrirait-elle *Les Hauts de Hurlevent* ?

Imaginez sa lecture de
La Chartreuse de Parme,
les effets sur elle de la Sanseverina.

Il en sera beaucoup question par la suite. Si vous l'avez oubliée, il est temps de réviser
vos classiques.

Chacune se choisit un sujet et toutes se mirent à pianoter. Je me voyais bien truffer le catalogue de leurs morceaux choisis les plus réussis.

Rien n'empêchait mes personnages de se croiser d'ores et déjà dans mes locaux. Les rayonnages avaient poussé les murs, au fil des éditions reconstituées qu'Hélène archivait soigneusement. Et j'avais fait entrer, dans la zone de stockage, toutes sortes de petits meubles façonnés dans les cartonnages de la Pléiade. Qu'arriverait-il à Julien Sorel s'il y rencontrait la fille aux yeux d'or ? Et Clélia, la jeune première de *La Chartreuse de Parme*, jouerait-elle à son tour les filles de l'air ? Ça me semblait bien improbable. On ne quitte pas si aisément la prison paternelle.

Qu'Emma ait accepté de déserter son roman, c'était facile à comprendre. En connaître la genèse

– dans les lettres que Gustave écrivit à Louise Colet

pendant la rédaction de *Madame Bovary*,

c'était sa récréation du soir,

après une dure journée vouée à l'art –

avait grandement accéléré la réparation. Mais des lettres de Louise, on ne sait rien, sinon que Flaubert les a, pour l'essentiel, détruites.

Tandis que mes jeunes premières noircissaient numériquement leur fichier, je rêvais d'une autrice qui prêterait à Louise sa plume.

MADAME BOVARY
ÉDITION REVUE ET CORRIGÉE
COMPRENANT LA CORRESPONDANCE COMPLÈTE
D'*ELLE ET LUI*

Il lui faudrait déconstruire, *muscle à muscle*, le visage que composent pour nous les réponses de Flaubert… Tenter de faire bouger l'image… Les *Memento* que Louise écrit pour elle-même nous seraient sans doute d'un précieux secours. Mais je ne les avais pas encore lus. Eva se chargerait de nous en rendre compte.

Je fus brutalement ramenée à la réalité par un bruit de porte qu'on referme. Hélène avait introduit Marie Arnoux dans le bureau de Bérénice. Je décidais de m'imposer dans l'entretien.

Bureau de Bérénice

— Comment suis-je parvenue jusqu'ici ? demanda Marie.

— Vous avez glissé dans une ellipse...

Je ne pouvais décemment pas lui annoncer qu'elle était entrée au catalogue de l'Agence pour le repeuplement de la littérature du XXIe siècle. Bérénice l'avait exfiltrée au moment où elle prenait conscience de son amour pour Frédéric. Juste après l'unique petit monologue intérieur - un rien bêta, il faut bien le dire - que lui concède Gustave :

Deslauriers qui a vainement tenté de la séduire tient sa revanche : il lui apprend que Frédéric va se marier. Il sort. Elle reste seule.

C'était comme une immense désertion.
— « Il va se marier ! est-ce possible ! »
Et un tremblement nerveux la saisit.
— « Pourquoi cela ? Est-ce que je l'aime ? »
Puis, tout à coup :
— « Mais oui, je l'aime ! ... je l'aime ! »
Il lui semblait descendre dans quelque chose de profond, qui n'en finissait plus.

Je croyais deviner les intentions de Bérénice. Elle travaillerait à désembourgeoiser Madame Arnoux. À la faire exister par elle-même. Hors du regard des autres. « Soyez vous-même dès l'incipit ! », le conseil valait pour Marie. Peut-être Bérénice iraitelle jusqu'à lui proposer de vivre MAIS VRAIMENT VIVRE ! *une passion qui ne se peut décrire.* De se rebeller contre Flaubert, comme elle-même l'avait fait contre Aragon. Bérénice voulait en finir – c'est du moins ce que j'avais supposé – avec la fatalité de l'amour malheureux. Foin des robes *insoulevables* et autres rendez-vous manqués. Dans la nouvelle *Éducation*, Marie rejoindrait Frédéric, rue Tronchet. Et l'abandonnerait une fois la chose consommée !

Qu'il se souvienne, après cela, de sa virée au bordel ! Flaubert ne pourrait plus terminer son roman sur la tristement célèbre petite phrase : *C'est là ce que nous avons eu de meilleur !* que répète, après Frédéric, le perroquet Deslaurier.

Marie avait peu ou prou imaginé la même chose. Comme Emma, elle avait lu *Aurélien* dans la salle d'attente et soupçonnait Bérénice de vouloir intervertir leurs épilogues.

— Le vôtre me déplait autant qu'à vous-même, ma chère Bérénice. Je ne veux ni accéder au monde réel ni à une quelconque forme de conscience politique. Nous sommes plus différentes que vous ne le croyez. Je suis une Emma que les livres n'auraient pas déçue. La désillusion m'a été épargnée, et vous voudriez que je m'en offense ? Vous ne reconnaissez plus votre Aurélien et vous avez choisi de fuir vos retrouvailles, pour venir ici, trafiquer je ne sais quoi, mais rien de tel ne m'arrive. J'aime ma dernière entrevue avec

Frédéric, la plénitude d'un futur antérieur qui n'a jamais existé – *N'importe, nous nous serons bien aimés* –, j'aime ce nous auquel je suis seule à croire encore. À avoir peut-être jamais cru.

Qu'importe si j'invente quand je crois me souvenir. Je réclame le droit de vivre dans l'imagination.

À quoi bon les romans
s'il faut toujours s'en évader ?

Faisons du désenchantement un privilège masculin. Quant à moi, je n'ai nul besoin d'en passer par là pour donner un sens à ma vie.

Bérénice en resta sans voix. Elle laissa Marie quitter son bureau sans mot dire.

— Je vous raccompagne, annonçai-je. Allons à la BNF trouver une édition qui vous convienne.

Marie marchait dans Paris comme sur un *lit de feuilles mortes*, insensible aux transformations de la ville. Non seulement elle ne regrettait rien, mais elle n'avait aucun goût, aucune curiosité de l'avenir. Rien de la CAPITALE ne lui avait jamais tourné la tête. Comment aurait-elle pu comprendre Bérénice ?

J'eus soudain le sentiment de m'être moi-même fourvoyée. N'avais-je pas de la Bérénice qui nous avait rejointes à l'Agence une vision un peu sommaire ? Elle avait toute sa place parmi nous, j'en étais sûre à présent.

De retour à la BNF...

J'avais prévenu Thérèse par texto. Sortie de son *Aurélien* underground – ce n'était donc pas elle qui avait corrigé le bal de la Vaubyessard –, elle avait réservé une salle et commandé quelques éditions, malheureusement toutes réparées, de *L'Éducation sentimentale.* Elles avaient travaillé drôlement vite mes zolistes !

Sans se laisser impressionner par le choix qui s'offrait à elle, sans même prendre le temps de contempler son portrait dans une édition illustrée, Marie disparut dans l'originale avant même que j'aie pu la saluer.

Il fallait de toute urgence éviter les doublons. Je savais qu'Anne y veillerait, quitte à fabriquer – le temps de nettoyer le roman de tout ce qui pourrait trahir un enlèvement avorté –, variantes et ratures apocryphes. Quelle Marie déciderait-elle d'effacer ? Celle qui avait rencontré Bérénice ou l'autre ? Marie aurait-elle attrapé, malgré elle, quelque chose du *goût de l'absolu* ? Ouvert les yeux sur la banalité masculine ? Son escapade non consentie laisserait-elle une trace dans *L'Éducation* reconstituée ?

> Un instant j'imaginais ma première lectrice penchée sur l'écran noir de son ordinateur. Elle entrait dans Gallica... Question code, Anne était imbattable. Elle modifiait à volonté tout livre numérisé. Peut-être tenterions-nous un jour de réécrire au « iel » *La Fille aux yeux d'or.*
> La planque, dans l'atelier, réclamait son tribut.

Me tournant vers Thérèse, je lui proposais d'intégrer l'Agence et ses désormais nombreuses collaboratrices. Je lui parlais de ce que j'avais imaginé pour elle. Elle n'aurait plus à courir d'un roman l'autre. Enseignerait aux néophytes un nouvel art romanesque. N'était-ce pas mille fois plus excitant que ce qu'elle avait espéré dans la salle de réveil de *La Petite Bijou* ?

Son silence me désarçonna.

Je lui parlais alors de Bérénice et de mes inquiétudes à son sujet. Je craignais qu'elle ne veuille réviser tout Flaubert. Elle avait convaincu Emma, échoué avec Marie, à qui s'attaquerait-elle désormais ?

Thérèse ne mordit pas à l'hameçon. Elle aimait bien Bérénice, pour ne rien dire de l'oncle Blaise mais elle avait décidé de prendre Modiano à son propre piège ! Elle retournerait chez lui. Une fois. En pleine guerre. Elle avait quitté Aurélien avant qu'il ne devienne pétainiste. Avait laissé l'épilogue en l'état. Bérénice n'y figurait plus mais la Débâcle, si. Pas qu'elle se désintéressât de l'Histoire, non, Thérèse m'expliqua qu'elle refusait seulement de croiser collaborateur ou nazi. Ce n'était donc pas dans les premiers Modiano qu'elle comptait plonger. *La Place de l'étoile* – la voix de Rebatet, celle de Bardamu y résonnent dès l'incipit –, *La Ronde de nuit* avec son personnage de résistant-collabo et même *Les Boulevards de ceinture* étaient bien trop noirs pour elle. Elle avait choisi une œuvre mélancolique qui lui convenait beaucoup mieux. *Voyage de noces*, paru en 1970, une dizaine d'années avant *La Petite Bijou*. « Rivalité avec Balzac ou pas, il n'osera quand même pas me faire revenir une troisième fois ! »

Elle sortit de la poche de son manteau un exemplaire du roman. Oubliant qu'en bonne professionnelle, j'avais lu la littérature de tous les temps et de tous les pays, elle crut bon de préciser : « *Voyage de noces* se passe en partie pendant la guerre. La seconde évidemment. La première n'a jamais intéressé Modiano. Au début du roman, on doit être dans les années 60-70. J'ai l'intention de...

chuchota-t-elle,

avant d'embarquer dans la traction blanche de

la couverture folio...

faire dérailler l'histoire d'Ingrid... rendre plus qu'improbable le dénouement prévu par Modiano... »

J'ouvris le volume, abandonné sur la table. Thérèse était déjà à Milan, à cinq heures du soir, au mois d'août. Au début des années soixante-dix probablement. Elle portait de nouveau son manteau jaune qui devait lui tenir bien trop chaud. Elle se dirigeait vers le bar de l'hôtel, situé à quelques centaines de mètres de la gare ; le narrateur – il s'appelle Jean – s'y était réfugié pour se protéger d'un *soleil de plomb* et attendre son train.

Dès qu'elle apparut,
je le vis se détourner du barman.

La phrase qui aurait dû tout déclencher ~~– *Une femme s'était suicidée dans une chambre de l'hôtel, deux jours auparavant, la veille du 15 août* –~~ s'effaça. Désormais le fait divers – s'il avait eu lieu – lui échapperait. Il n'aurait plus aucune raison d'acheter le *Corriere della Sera* ni de lire un « *entrefilet* » qui n'y figurerait plus. Il n'éprouverait plus le moindre coup au cœur en découvrant que *la femme dont il était question et qui avait mis fin à ses jours – selon l'expression du barman* –, il l'avait connue, jadis.

Elle s'appelait Ingrid et l'avait hébergé quand lui-même avait fugué jeune homme. C'est par elle que la guerre entrait dans *Voyage de noces* mais Thérèse n'en est pas encore là.

Loin de travailler à réparer, comme on le fait à l'Agence, les incohérences que sa rature ne manquerait pas d'entraîner, elle laissait tout en l'état, progressant dans le roman sans plus rien changer. Jean écrivait la biographie d'Ingrid, comme il avait décidé de le faire dans l'édition originale. Thérèse laissait s'enchevêtrer les fils de l'intrigue.

Les flash back s'entrecroiser.

Les fugues

– celles d'Ingrid dès la guerre,

celles du narrateur plus tard –

poursuivre leurs tracés

parallèles.

Mais du suicide d'Ingrid, découvert dans l'entrefilet du *Corriere della Sera*, il n'y aurait plus trace ni effet.

Je me promis de sortir le volume du commerce. J'allais transformer notre humble planque en cabinet noir des éditions pirates. Nous y stockerions les ouvrages capables de changer le cours de l'histoire. Un jour, nous en inonderions le marché !

Désormais Thérèse avance vite, elle rejoint 1941, page 127. Ingrid, comme Bérénice jadis, marche devant elle. Dans Paris occupé. D'un côté le dix-huitième arrondissement et son couvre-feu à six heures, de l'autre, un neuvième arrondissement en zone libre. Une ligne de démarcation en plein Paris. Thérèse ignore si la chose a réellement existé. Elle se concentre sur Ingrid, se met à l'écoute de ses émotions, de ce *pressentiment soudain que si elle s'engageait sur le boulevard à la suite de ceux qui rentraient dans le dix-huitième, la frontière se refermerait sur elle pour toujours.* Un étrange compte-à-rebours s'enclenche dans sa tête. *Il était cinq heures et demie.*

Thérèse l'éprouvait-elle aussi dans sa chair ?

De temps en temps, elle jette un regard sur le trottoir opposé qui marque la limite du couvre-feu et où il fait plus sombre bien que l'heure ne soit pas encore sonnée : encore quinze minutes avant que la frontière ne se referme et si elle ne la franchit pas d'ici là, elle ne pourra plus rejoindre son père, à l'hôtel : le Dr Teyrsen, médecin autrichien, recensé comme juif. Sept ans plus tard, le Dr Teyrsen recouvrera son identité véritable. Il s'appelle Ernest Bruder, nullement médecin, recensé comme juif. *Voyage de noces* n'est que la première version de *Dora Bruder*, sa face romanesque.

Thérèse le sait mais ce n'est pas vers Dora qu'elle regarde, elle ne perd pas Ingrid de vue. Bien décidée à la conserver à l'abri du bon côté de la frontière, mieux que n'a su le faire son auteur. S'il le faut, elle l'attrapera par l'épaule et la tirera en arrière.

Ingrid atteint la place Blanche. *Là, elle s'arrête quelques instants. Elle se prépare à traverser la place et la frontière, elle fait trois pas en avant et s'arrête de nouveau. Thérèse attend. Elle revient en arrière sur le trottoir de la place Blanche, côté neuvième arrondissement. L'inquiétude la gagne. Plus que cinq minutes. Il ne faut pas céder au vertige et se laisser aspirer par le noir qui s'étend de l'autre côté. Il faut tenir bon sur le trottoir du neuvième arrondissement.*

Je me demandais si Thérèse avait, elle aussi, compté les minutes, les secondes quand elle avait fui son propre roman.

Ingrid *s'efforce de ne penser à rien, et surtout pas à son père. Elle compte. Vingt-trois, vingt-quatre, vingt-six, vingt-sept... Six heures. Six heures cinq. Six heures dix. Voilà. C'est fini.*

Voilà.
C'est FINI.

Aucun suicide à l'incipit n'en ferait plus résonner ici l'écho funèbre. Une rature avait suffi à enrayer le mécanisme.

Grâce à Thérèse
Ingrid s'est sauvée
Deux fois.

Je pensais à Beckett

Fini, c'est fini, ça va finir, ça va peut-être finir

Est-ce que pour Thérèse aussi, ça va finir ?

De retour à l'Agence, je trouvais Bérénice gisant. Que s'était-il passé en mon absence ?

Elle avait les yeux à demi fermés, un sourire, le sourire de l'Inconnue de la Seine.

Je regardais la jeune morte. Sa propre fuite ni les ratures de Thérèse n'avaient donc rien changé ? *Aurélien*, rapetaillé par nos soins, l'avait-il rattrapée dans nos murs ? Le livre, avec son funeste épilogue, s'était-il ici refermé sur elle ?

Un immense chagrin s'empara de moi. J'allais ressortir quand sa voix m'arrêta.

— Avez-vous lu la *Première éducation sentimentale* ? Vous savez, celle que Flaubert a écrite, jeune homme.

Elle ne souriait plus. Ouvrit les yeux.

« Comment avez-vous pu croire que je veuille faire de Marie une reprise de la falote Émilie, laquelle la vit, sa grande passion – la belle affaire en vérité ! –, avec son non moins falot Henry, dans ce roman d'un jeune homme moyennement doué, somme toute ? Ils fuient dans une Amérique qui n'intéresse visiblement pas leur auteur. Et ladite Amérique déteint sur eux. À leur retour, Émilie et Henri ont perdu tout attrait pour le futur Flaubert qui les oublie dans un coin de son livre.

Reste Jules. Le second couteau qui déjà se demande : *Qu'est-ce donc qui m'a fait si vieux au sortir du berceau, et si dégoûté du bonheur avant même d'y avoir bu ?...*

Abandonnons Jules à ses passions tristes et Marie à ses illusions.

Et veuillez
cesser
de croire
que j'ai
de la littérature
une conception
étroitement
voire anachroniquement
militante.

Était-ce la joie de la revoir vivante ? Le sentiment de l'avoir mésestimée ? Bérénice me fit la grâce de ne pas remarquer la rougeur qui m'était montée au visage. Elle ajouta, dans un demi-sourire :

Puis-je proposer à vos jeunes premières un exercice supplémentaire :

En lisant *Madame Bovary,*
Emma découvre l'ironie

Une brusque rumeur dans les locaux de l'Agence m'empêcha de répondre. « Venez Bérénice, allons voir ce qui nous arrive ».

Le retour de Thérèse !

Eva revint de sa seconde expédition un gros volume sous le bras.

Les jeunes filles en jaune surgirent du placard aux archives, emprunté au *Docteur Pascal*. Sur mes instructions, Anne l'avait transformé en un SAS par lequel elles remontaient des profondeurs.

Elles s'y reposaient entre deux expéditions.

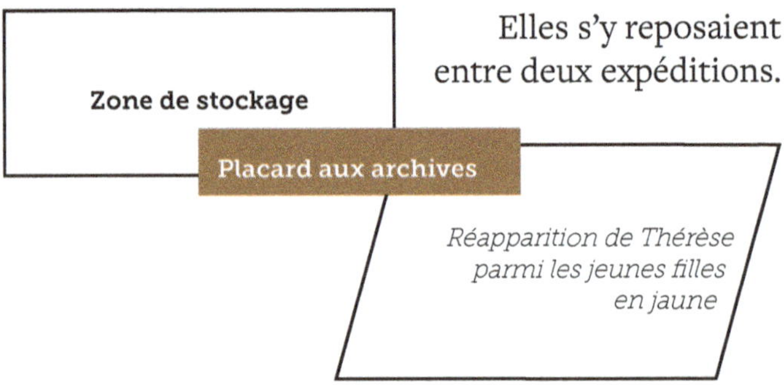

D'où venait-elle ?

Avait-elle quitté *Voyage de noces* sans m'avertir ? Visité un autre Modiano ? Elle semblait à son aise parmi les filles en jaune et ne m'accorda pas un regard. J'avais pourtant pour elle de bien mauvaises nouvelles. Peut-être l'avait-elle pressenti.

Deux semaines plus tôt

Un agent en couverture Gallimard s'était présenté,
un soir tard,
après la fermeture,
des bureaux.

Sans doute pensait-il m'y trouver seule. Mais nul ne quitte la rue Lalande. Pas plus Hélène que mes zolistes. Désorientées d'avoir été réorientées, elles ne quittaient plus leurs bureaux et embarquaient la nuit pour les éditions complètes qu'elles avaient parcourues de jour sans avoir le loisir de s'y arrêter. Les rayonnages de leur bureau se remplissaient de gros volumes, plus ou moins dissimulés derrière les Rougon-Macquart. Elles affectionnaient particulièrement la collection « Quarto ». Traversées au long cours garanties ! Les *Contes et nouvelles* de Maupassant les avaient ainsi retenues une bonne semaine, effaçant toute rancune contre moi. Lire sans (presque) rien prélever suffit rapidement au bonheur de ces dames. Elles ne purent cependant résister à l'envie de garder une toute petite trace de leur expédition. Et l'on vit s'afficher, courant au-dessus des volumes de Zola, une proclamation qui sonnait comme un reniement :

Je ne crois pas plus au naturalisme et au réalisme qu'au romantisme. Ces mots à mon sens ne signifient rien absolument rien et ne servent qu'à des querelles de tempéraments opposés.

Elles croyaient y lire la philosophie de l'Agence. Comme elles se trompaient ! Je n'ai jamais beaucoup aimé Maupassant mais je n'eus pas le cœur de les détromper. Qu'elles voyagent tout leur saoul, je leur devais bien ça !

Hélène préférait des périples plus inattendus. Elle avait découvert Emmanuel Bove en « Mille & Une pages » ! « Vous devriez en présenter les personnages à Thérèse, m'avait-elle dit à peine sortie du volume ! [Hélène avait saisi son exemplaire et m'en lisait un extrait :] *Il était au bord de mon champ visuel, comme dans une photographie mal prise.* Ne dirait-on pas du Modiano ? Thérèse y passerait facilement inaperçue. » Allait-elle se laisser emporter ? Elle me récita d'autres passages. *Chaque matin, ma voisine chante sans paroles, en déplaçant les meubles. Sa voix est amortie par le mur. J'ai l'impression de me trouver derrière un phonographe.* « Les sons et les objets sont chez Bove aussi floutés que chez Modiano. On s'y perd, délicieusement. »

Mon inquiétude dut se lire sur mon visage. Elle faisait du très bon travail, Hélène ! Je ne pouvais plus me passer d'elle. Elle me rassura d'un sourire. Heureuse de son rôle à l'Agence, elle ne songeait guère à disparaître. Elle aimait l'équipe, veiller sur Thérèse, écouter Anne. Bref elle n'avait aucune intention de retourner chez Burma ni de filer vers quelque emploi plus étoffé. Ses escapades nocturnes la comblaient largement.

Quand elles ne se perdaient pas dans les profondeurs de Gallica, les jeunes filles en jaune cohabitaient avec les personnages de la zone de stockage, rebaptisée zone de libre échange. Les rencontres s'y multipliaient. On y parlait une langue mouvante, sans règle définitivement établie. Partiellement décodifiée. Chacun, chacune s'y développait à sa guise. Sans aucune considération de genre. Voilà qui promettait à la jeune littérature des lendemains qui chantent.

Quand le petit homme, droit comme un i, s'était présenté dans nos locaux, Anne venait de s'éclipser. Bérénice l'avait entraînée dans *google street view*. Elles n'en sortiraient qu'au matin, le regard chargé de merveilles.

Un lourd silence régnait dans les bureaux, où je semblais donc seule et sans défense. Quant au type, il paraissait tout droit sorti d'une Série noire.

Il en faut plus pour m'impressionner ! Je lui proposais le petit noir maison. Il refusa d'une voix blanche. Il était chargé de me prévenir. Modiano avait cédé ses droits à son éditeur, bien plus soucieux que lui de combattre plagiats et tentatives de détournement. La tête de Thérèse était mise à prix, les locaux de l'Agence surveillés, elle serait très vite repérée si elle y cherchait refuge. Je pouvais encore sauver ma réputation en la livrant sans délai.

Gallimard m'envoyait-il vraiment un aussi chétif personnage dans le seul but de m'effrayer ? Quelle image se faisait-on de moi chez son patron ? Thérèse était désormais sous ma protection, pas question de trahir sa confiance. Elle n'était d'ailleurs nullement la première à s'évader de son roman d'origine. J'évoquais les nombreuses balades d'Emma Bovary, n'avait-elle pas migré jusque chez les Québécois ? Il n'en savait rien et n'en avait cure.

Je lui racontais celles de Charles dont une autrice facétieuse avait fait son héros : c'est par ses yeux – des yeux de criminel que personne, jusqu'alors, n'avait remarqués – qu'on relisait toute l'histoire. Dans un autre roman, Berthe, la pauvrette abandonnée après le décès de ses parents, se retrouvait, bien dessalée, dans le lit de Rodolphe ! Voire dans celui de Flaubert ! Deux vieux dégoutants ! La famille Bovary était certes tombée dans le domaine public mais cela ne changeait rien à l'affaire. Adopter le point de vue de Charles, est-ce que cela n'avait pas boosté les ventes ? D'autant que les lecteur.es aiment à revenir à l'original, sûr.es de le relire d'un œil neuf. Qui s'en plaindrait ?

Je n'avais pas cru un instant qu'il fût missionné par Gallimard. J'aurais voulu l'entraîner dans quelque polémique susceptible de m'éclairer sur sa véritable identité. Peine perdue ! Il se fichait royalement d'un Bovary serial killer comme de la débauche de sa fille !

Si ce n'est pas votre cas, surtout n'hésitez pas à consulter l'index.

Il prit un air faussement romanesque et me quitta sans un indice.

Je filai sur le *dark web* et découvris avec stupeur que le marché des enlèvements était en plein essor. On ne comptait plus les disparu.es ! Tout avait commencé dans la littérature nativement numérique. Mais depuis peu les pillards avaient élargi le champ de leurs activités. Ne semblaient protégés que ceux qui dictaient leurs livres à quelque dactylo à l'ancienne et ceux qui écrivaient à la plume. J'en connaissais deux ou trois. Ils n'avaient pas à s'inquiéter. Mais les autres !

La police, déjà sur le coup, penchait pour une organisation secrète. Le petit homme tout en i en faisait-il partie ? N'était-il qu'un prête-nom ? Il appartenait visiblement à un monde ancien, ignorant de telles pratiques. Une haine farouche des livres animait les pirates dont je découvris les exploits dans le noir. Ils réclamaient de fabuleuses rançons, cryptaient les tapuscrits récalcitrants qui parvenaient indéchiffrables aux imprimeurs. Un vrai travail de forbans !

Aucun éditeur sérieux ne pouvait me confondre avec eux.

À qui donc avais-je affaire ?

Je ne pouvais rester sans réagir.

En attendant la résolution du mystère, il fallait mettre Thérèse à l'abri.

Again.

Elle avait raison, Hélène, pourquoi ne pas l'envoyer à *Bécon-les-Bruyères* ? On ne pouvait trouver meilleure planque :

BÉCON-LES
BRUYÈRES
existe à peine

C'est du moins ce que Bove prétend.

Eva, Louise et Thérèse.

Inconsciente du danger, Thérèse écoutait Eva parler du roman de Louise Colet. Elle en fixait la couverture avec une impénétrable intensité. *Lui* ne me semblait pas de nature à l'intéresser. Et que savait-elle de Louise ? Je ne l'imaginais pas lisant les lettres du jeune Flaubert, *si dégoûté du bonheur avant même d'y avoir bu*. Elle raturait encore à foison dans *Aurélien* quand Eva nous en avait parlé. Avait-elle repéré un nouveau dénouement à improuver ?

« Avec *Lui*, nous avons changé d'époque, commença Eva. Tout est fini entre Gustave et Louise. Nous sommes en 1858. Ils ont rompu, définitivement. En mars 55 pour être précise. Trois ans, est-ce le temps qu'il faut à Louise pour oublier ? Pour y voir clair ? Pour se venger peut-être ? Malgré l'apparent masculin singulier de son titre, *Lui* met en scène quatre personnages. Un couple d'anciens amants : Albert et Antonia, en réalité Musset et Sand ; et deux amants qui le sont encore : Stéphanie et Léonce, en réalité Gustave et Louise avant leur séparation bien sûr. L'action se déroule en 1852, année où Louise Colet fit la connaissance d'Alfred de Musset.

— Pas très vendeur tout ça, soupira Bérénice.

— Attends, protesta Thérèse qui me plongea ce disant dans la plus profonde stupéfaction. Tou.te.s écrivent ! ça fait une sacrée différence avec nos petites histoires d'adultère !

— *Lui*, c'est le roman d'une guerre, confirma Eva aussitôt. Poèt.es contre romancier.es, genre contre genre, école contre école.

Mais Bérénice avait du mal à croire qu'une telle ambition - écrire un roman genré de la création - s'accorde avec des prémisses à ce point biographiques. Elle imaginait sans peine le pauvre Musset, lâché par Sand, en double romantique de Louise, abandonnée par Gustave. Quel besoin d'en passer par de sombres histoires de trahison, que tout le monde connaît, sur l'une (Sand) ou sur l'autre (Flaubert) ? Elle avait aimé Aurélien, elle avait aimé Paul Denis. À sa manière du moins. Les avait quittés tous les deux. À ses yeux, une seule chose était inacceptable : le renoncement ! À soi-même, comme au bonheur ! Depuis son arrivée chez nous, elle l'avait trouvé avec un 3e homme… Et tant pis pour le *goût de l'absolu*, si cher à son auteur !

J'étais un peu étonnée par la tournure que prenait la scène. Bérénice se tut brusquement, laissant Eva poursuivre son plaidoyer :

— Qui donc est lui dans *Lui* ? Ce n'est pas parce que George Sand a écrit un *Elle et lui*, auquel le frère d'Alfred de

HISTOIRE LITTERAIRE ELAGUEE DE LA *CONFESSION D'UN ENFANT DU SIECLE* par laquelle tout commence (ailleurs peut-être mais pas ici)

Elle et Lui : Georges Sand et Musset, raconté.e.s par elle. À charge contre lui.

Lui et Elle : réponse du frère à la bergère.

Écrits l'un et l'autre, après la mort d'Alfred qui n'ayant pas rédigé de *Mémoires d'Outre-tombe*, demanda à Louise médiumniquement de s'en charger.

Musset répondit d'un *Lui et Elle*, que les choses sont simples ! Il y a deux *elle.s* et deux *lui* dans *Lui*. Lequel est l'éponyme ?

Personne n'avait l'air d'attacher d'importance à la question. Les filles en jaune se souvenaient de Louise. Certaines phrases les avaient marquées. *Les femmes sont un peu traitées par les historiens et par les moralistes comme on traite les nations vaincues...* Leur déception était tangible. « Pourquoi ne pas s'intéresser enfin à *Elles* ? s'écrièrent-elles.

— Mais si féministe soit-on, on ne peut mettre Stéphanie et Antonia dans le même panier ; elles n'ont vraiment rien en commun ! Le livre est écrit contre Flaubert en même temps que contre Sand, mais ce n'est pas véritablement d'eux qu'il s'agit, plaida Eva, avec un soupçon de mauvaise foi... Ce sont deux arts poétiques qui s'affrontent. Souvenez-vous de ce que Gustave écrivait en 1847 et qui vous a révoltées naguère : *Je t'ai toujours vue d'ailleurs mêler à l'art d'autres choses, le patriotisme, l'amour, que sais-je ? un tas de choses qui lui sont étrangères pour moi, et qui loin de l'agrandir à mes yeux le rétrécissaient. Voilà un des abîmes qu'il y a entre nous.*

L'abî/yme,
c'est très précisément
le sujet du roman

voir le 2e encadré
de ce roman-ci.

Voilà qui aurait dû donner à Louise son ticket d'entrée pour le Cénacle... Mais personne ne souffla mot.

Ici une petite mise au point chronologique s'impose, reprit Eva.

Peut-être aurais-je dû commencer par là.

— Allons-y pour le flash back, dis-je pour l'encourager.

L'histoire de la Muse – c'est ainsi que Flaubert la nomme et la postérité lui emboitera le pas sans broncher –, l'histoire de la Muse donc comporte plusieurs saisons.

La première, intitulons-la :

LES ALEAS
DE LA PASSION
1844-1849

Elle s'achève avec le départ de Flaubert pour l'Orient. On y voyait Louise malheureuse, dans les lettres de son amant. Lui n'a encore rien écrit d'important. Louise, je vous l'ai dit, a été publiée. Remarquée. Couronnée par l'Académie. Il se cherche, Gustave, il ne lui accorde pas beaucoup de temps, lui à Croisset, elle à Paris. Elle récrimine. Il résiste. Part avec Maxime Du Camp. Ne revient qu'en 1852.

Au retour, tout est différent :

SAISON 2
LA GRANDE PASSION
1852

Flaubert rédige *Madame Bovary* ! Son premier grand œuvre ! Il ne voit pas Louise plus souvent. Mais ses lettres ont changé du tout au tout ! Pas seulement parce qu'il lui parle de sa Bovary.

Non, à lire ses lettres,
on peut se figurer Louise
heureuse.

Imaginez ce qu'elle a dû ressentir en 1857 lorsqu'elle découvrit, dans cette *Madame Bovary* qu'il mit presque cinq ans à écrire, le portrait qu'il fait d'elle ! Parce que c'est bien d'elle qu'il s'agit ! Elle reconnaît la cravache (et son inscription *amor nel cor* !) qu'Emma offre à son tour à un Rodolphe déjà bien lassé d'elle ! Alors qui se venge ? Lui ? On ne l'en a évidemment jamais accusé. Ou elle qu'on insulte, en ne lisant rien d'autre en *Lui* qu'une misérable vendetta ?

Les histoires d'amour finissent mal/ en général, chantonne Bérénice.

Révoltée contre les injustices que Louise dut affronter tout au long de sa vie, Eva n'est pas prête à l'abandonner à l'oubli.

« La saison 2 tient tout entière en cette presque seule année. Thérèse a lu pour moi les Memento. C'est une espèce de journal que Louise tient pour elle-même. Écoutez ce qu'elle a déniché » :

Memento du samedi 1er janvier 1853

Cette année écoulée a été la plus douce, la meilleure de ma vie. Gustave m'a bien aimée et j'ai goûté par

Eva avait donc embauché Thérèse pour l'aider au dépouillement du corpus-Colet. Pourquoi Thérèse avait-elle accepté ?
L'extrait ci-contre en donne peut-être une première explication.

lui l'art et l'amour mieux que je ne l'avais jamais fait.

« Flaubert lui fait en effet de fort beaux cadeaux, reprit Eva. Pour commencer, il la lit bien. *Ta* Paysanne *sera une chose solide, chère amie. Sois-en-sûre. Les bonnes œuvres sont celles où il y a pâture pour tous. Ton conte est ainsi. – Il plaira aux artistes qui y verront le style et aux bourgeois qui y verront le sentiment.* Il aime ce qu'elle écrit ! La manière dont elle écrit. Il le lui dira tout au long de l'année ! Il la corrige certes. Avec acharnement, même. Exactement comme il se corrige lui-même.

Mais qui s'en souvient ?

Rien à voir avec les horreurs qui finiront par reprendre le dessus[6].

Louise rêvait d'un cénacle amoureux.

Elle en jouira un an, pas davantage !

En 1852 donc, Gustave est content d'elle : autrice ET lectrice.

---

6 Florilège pour une **saison 3 (1853-mars 55)** : « Il ne faut pas, quand on est arrivé à ton degré, que le linge sente le lait. Coupe donc moi la Verrue montagnarde, et rentre, resserre, comprime les seins de ton cœur, qu'on y voie des muscles et non une glande» (avril 1853)
« Je ne te sais nul gré de faire de beaux vers. Tu les ponds comme une poule les œufs, sans en avoir conscience (c'est dans ta nature, c'est le bon Dieu qui t'a faite comme ça).» (décembre 1853)
« Tu as fait de l'art un déversoir à passions, une espèce de pot de chambre où le trop-plein de je ne sais quoi a coulé. – Cela ne sent pas bon. » (janvier 1854)

Il ne se plaint plus de ce qu'elle l'admire trop.

Bérénice avait fermé les yeux.
À qui songeait- elle brusquement?

Thérèse sort quelques feuillets
de la poche de son manteau qu'elle n'a pas quitté
sans qu'on sache trop pourquoi :

écrit à Croisset, quelque part en juin 1852

Sais-tu ce que j'attends ? C'est le moment, l'heure, la minute, où j'écrirai la dernière ligne de quelque longue œuvre mienne, comme Bovary ou autres, et que ramassant de suite toutes les feuilles, j'irai te les porter, te les lire de cette voix spéciale avec quoi je me berce, et que tu m'écouteras, que je te verrai t'attendrir, palpiter, ouvrir les yeux. Je tiendrai là ma jouissance de toutes les manières. – Tu sais que je dois prendre au commencement de l'autre hiver un logement à Paris. – Nous l'inaugurerons, si tu veux, par la lecture de Bovary. Ce sera une fête. –

Le trouble se peignit sur le visage des filles en jaune. Eva leur laissa tout loisir d'imaginer la scène...

...

Et reprit, après un silence : il faut mesurer ce rêve enfin atteint pour lire dans *Lui*, écrit – je vous la rappelle – dix ans plus tard :

le déchirement de Louise.

Bérénice vit-elle brusquement s'interposer le visage d'Elsa Triolet ?

Avait-elle rêvé Cénacle, elle aussi ? Je savais qu'E.T. aurait aimé que Louis la soutînt quand elle abandonna le russe et passa, pour son quatrième roman, au français. Ce fut pour elle aussi un déchirement, un second exil. On ne quitte pas sa langue plus facilement que son pays.

Et que n'a-t-on dit d'elle, en un siècle réputé moins misogyne ? A-t-on cherché la plume d'Aragon sous la sienne ?

Fin de la mise au point chronologique.

Laissons la bio et parlons art, reprit Eva. Louise adore les emboîtements. Pas une histoire qui n'en contienne au moins une autre.

— Pas très moderne comme technique, dit Bérénice qui avait des lettres.

— Tout dépend de ce qu'on en fait, rétorqua Thérèse. J'ai entendu parler d'un Perec inachevé. Il aurait dû emboiter jusqu'à cinq romans les uns dans les autres...

Que venait faire ici George Perec !? Depuis quand Thérèse le connaissait-elle !? Elle ne cessait de me surprendre. Peut-être - la suite le confirmera tristement - possédait-elle un sens divinatoire, dont elle-même ignorait tout.

— À mon sens, poursuivit Thérèse, *Lui* est un roman-miroir...

Et de citer Stendhal (cf. encadré ci-contre) pour justifier son propos.

Eh, monsieur, un roman est un miroir qui se promène sur une grande route. Tantôt il reflète à vos yeux l'azur des cieux, tantôt la fange des bourbiers de la route. Et l'homme qui porte le miroir dans sa hotte sera par vous accusé d'être immoral! Son miroir montre la fange, et vous accusez le miroir! Accusez bien plutôt le grand chemin où est le bourbier, et plus encore l'inspecteur des routes qui laisse l'eau croupir et le bourbier se former.
Stendhal, *Le Rouge et le Noir*, II, XIX

— Si l'eau croupit et que le bourbier se forme, il ne faut pas en accuser le miroir...

Eva ne lui laissa guère le temps de poursuivre. Elle préférait son image à celle de Thérèse et se mit à parler d'Alfred et George à Venise : « un vrai roman dans le roman. » Elle tira de sa poche une coupure de presse qu'elle tendit à Thérèse pour que ses auditrices sachent un peu mieux de quoi il retournait.

Belle distribution des rôles, pensais-je.

Thérèse lut donc ce récit :

> *Une nuit de décembre 1833, une calèche couverte de bagages file sur les routes du Morvan. A l'intérieur, une femme et un homme qui se connaissent à peine, mais qui s'aiment et ont décidé sur un coup de tête de partir ensemble en Italie, la patrie des romantiques.*
>
> *Elle, c'est George Sand. D'une réputation déjà scandaleuse pour ses premiers romans et la liberté de ses mœurs, la jeune femme à la beauté brune, aux grands yeux noirs, qui s'habille en homme et fume la pipe, a trouvé, pense-t-elle, un amour à la hauteur de son génie. Tout comme Alfred de Musset, un poète blond et beau de 23 ans encore quasi inconnu. Dandy en redingote et gilet bariolé, le futur auteur de Lorenzaccio et des Confessions d'un enfant du siècle est un débauché, alcoolique et dépressif.*
>
> *Lorsque les deux amants, épris d'absolu, arriveront à Venise, leur passion fusionnelle tournera vite au drame.*

Le drame dont Thérèse vient de vous résumer la substance se joue en SIX chapitres et un peu PLUS DE CENT pages. Les circonstances vont vous en rappeler d'autres : À Venise, ELLE s'enferme pour écrire, à heures fixes. IL en souffre. Admirez déjà l'inversion des rôles :

J'essayais vainement de faire comme elle et d'écrire quelques pages d'un livre flottant en germe dans ma pensée. Je n'ai jamais pu travailler qu'à mes heures et non par commandement et d'après une règle prescrite par moi-même ou par autrui.

Je ne trouvai pas une seule phrase, et irrité de mon impuissance et du parti pris d'Antonia, je sortis flâner sur la place Saint-Marc.

Si Venise = Croisset, la romancière = Flaubert et le poète = Louise. Trouves-tu, Bérénice, que ce soit si classiquement genré ? Au « deux elles / deux ils » s'est substitué un « deux illes / deux els » que je trouve assez réjouissant. »

Je vis quelques sourires s'esquisser. Mais l'affaire était loin d'être gagnée.

— Antonia écrivait ses huit heures de rang. Léonce *aussi*, dit rêveusement Thérèse. Tentait-elle réellement de faire entendre, dans l'art de Louise Colet, celui de Modiano ? Cette manière qu'il a de toujours passer d'une histoire à une autre par la grâce, un peu enfantine, d'un *moi aussi* ?

— Mais, dit Eva, nous ne sommes encore qu'au XIXe siècle. Un siècle où l'on cache encore les échafaudages. La souffrance de Louise, abandonnée quand Léonce écrit des journées, des semaines, des mois entiers, sans la voir, se dit *à travers* celle d'Albert. Par transparence et anticipation :

À la lueur vacillante des lanternes de ses gondoles, Venise noire et silencieuse flottait devant moi. On eut dit un immense cercueil éclairé par des cierges. Il me semblait que c'était mon cœur qu'on ensevelissait, et que jamais il ne renaîtrait plus à la vie ni à l'amour. Je me mis à pleurer sur moi-même, comme on pleure sur un être qu'on aime et qui vient de mourir ; pourquoi ce deuil avant-coureur ? pourquoi ce présage ?

— C'est Alfred qui parle. *Lui* est le roman d'un *deuil avant-coureur*. Moi, ça me touche, conclut Thérèse.

Bérénice avait de nouveau fermé les yeux. Je savais que Venise évoquait pour elle d'autres souvenirs, tout aussi douloureux. Son Aragon aussi avait voulu y mourir pour une Nancy Cunard, pas moins émancipée que George.

— Récapitulons, dit Eva : Louise est à Musset, ce que Flaubert est à Sand[7] :

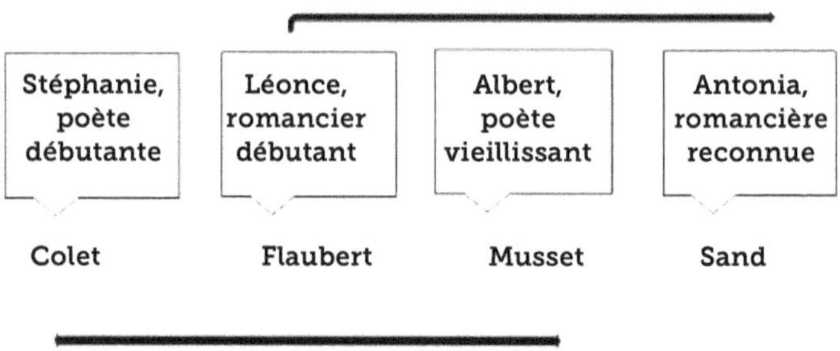

La chanson des mal-aimé.es se double de conflits érotico-poétiques à tous les étages. Et des étages, il y en a, dans les six chapitres de Venise ! Pas un épisode qui ne sonne la charge contre les romancier.e.s.

7 Ils deviendront amis et admirateurs réciproques, beaucoup plus tard. C'est une histoire qui n'a rien à faire ici. Sauf à souligner une préscience, une prémonition peut-être.

Sait-on ce que Flaubert pensait de Musset, dans la vraie vie, demanda Hélène qui n'avait pas fait pour rien ses classes chez un authentique détective ?

Anne sourit, elle avait visiblement des idées sur la question.

— Bien sûr, dit Eva. Louise et Alfred se voient en 1852, et elle en rend compte à Gustave.

Mai 1852 :

Ce que tu m'as rapporté de Musset et Sand m'a ému.

Juin 1852 :

Ton long récit de la visite de Musset m'a fait une étrange impression. En somme, c'est un malheureux garçon.

Mais la plume de Flaubert devient très vite assassine :

Musset n'a jamais séparé la poésie des sensations qu'elle complète. La musique, selon lui, a été faite pour les sérénades, la peinture pour le portrait, et la poésie pour les consolations du cœur. Quand on veut ainsi mettre le soleil dans sa culotte, on brûle sa culotte, et on pisse sur le soleil. C'est ce qui lui est arrivé. (5-6 juillet 1852)

Lettres à Louise
Ou comment faire
d'elle un poète véritable

Flaubert serait-il jaloux ? Ses lettres sont une véritable machine de guerre contre la poésie du cœur, féminine et larmoyante, que représente à ses yeux Musset ...

— et plus encore Lamartine, compléta Bérénice de nouveau attentive...

— et dont il veut à toute force détacher Louise.

Lui
Ou la réponse de la bergère au berger

Flaubert la voulait androgyne :
Croisset, lundi matin, 28 septembre 1846 :

Je voudrais enfin qu'hermaphrodite nouveau tu me donnasses avec ton corps toutes les joies de la chair et avec ton esprit toutes celles de l'âme.

Croisset, mercredi soir, minuit, 12 avril 1854 :

J'ai toujours essayé (mais il me semble que j'échoue) à faire de toi un hermaphrodite sublime. Je te veux homme jusqu'à la hauteur du ventre (en descendant). Tu m'encombres et me troubles et t'abîmes *avec l'élément femelle.*

Avec *Lui*, c'est chose faite.

De qui sont les vers qu'on lit dans *Lui* ?
D'Alfred, de Louise, des deux ?

Thérèse m'a raconté que George Sand citait, dans *Elle et lui*, les lettres véritables de Musset. Mais dans *Lui*, que fait Louise ? A-t-elle inventé le copy cut ou le copycat ? Écoutez encore :

Un soir Stéphanie pénètre chez Albert qui n'est pas chez lui...

La plume dont il s'était servi plongeait encore dans l'écritoire ; je m'en saisis, et j'aurais voulu la voler cette plume qui avait écrit des choses si grandes et si rares ! Peut-être me communiquerait-elle quelque étincelle de son génie ?

Plus audacieuse que son personnage, Louise osa-t-elle fabriquer des faux ?

« *Lui*, c'est Louise. Le roman dans le roman éclaire tout », s'écrièrent les filles en jaune enfin sorties de leur léthargie.

Eva et Louise (l'élément femelle, aurait dit un Flaubert dépité) avaient gagné la partie.

— Lis-leur l'histoire qui s'achève à la Salpêtrière, proposa Thérèse.

La dernière vision d'Albert.
On croirait entendre la propre voix
de Musset,
sur son lit de mort.

Eva s'exécuta.

(...)

Un long silence suivit la lecture.

— Peut-être Louise se sent-elle, elle aussi,
enfant d'un autre siècle ?

— Venue trop tard dans un monde trop vieux ?

Les jeunes filles en jaune attendaient avidement une réponse.

Je me souvins d'une autre lettre du jeune Flaubert, *travestissant* lui-même le vers fameux de Musset : *Tu es venue trop tard dans un homme trop vieux*. Mais je ne crus pas opportun d'ajouter une citation à l'édifice déjà passablement complexe qu'Eva et Thérèse avaient édifié devant nous.

Chapitre qu'on peut sauter pour peu qu'on ait déjà voté en faveur de la cooptation de Louise au Cénacle.

Une dernière chose, dit Eva.

Tout se passe, dans *Lui*, comme si Louise Colet prenait par anticipation une revanche sur le destin de ses lettres à Flaubert.

Imaginez la scène :

Chez Stéphanie

Albert entre et la surprend lisant et relisant les lettres de Léonce. On entend mal ce qu'elle lui dit mais on la voit nettement lui en tendre le paquet. À lui de constater combien elle est aimée...

Il lit.

NOUS PAS.

Première revanche.

LES LETTRES DE FLAUBERT MANQUENT.

Quant à la scène elle-même, elle pourrait s'intituler :

Léonce ou la fausseté de l'amour même

— Si je les commente devant vous, reprit Albert, vous direz que je suis cruel ; l'heure n'est pas venue de vous faire entendre la vérité.
— Je ne redoute rien, répondis-je, car rien n'entamera mon amour.
— Eh bien ! soit, vous m'entendrez....

Ainsi commence
l'explication de lettres
considérée comme un art de combat.
Celui-là même que pratiquait Gustave jadis,
que † Musset
et Louise
retournent contre lui.
aujourd'hui

Seconde revanche :
Flaubert écrivait à Louise le 12 juillet 1852 :

Si j'avais le temps je te ferais une belle leçon d'anatomie sur toute cette histoire passée de M[*usset*] [...] *Et reprenant une à une toutes tes lettres je dissèquerais muscle à muscle et jusqu'au plus petit filet nerveux ce qui s'est passé.* [...]
Une telle étude [*serait*] *une lecture trop difficile pour tes yeux tendres.*

Musset *dissèque muscle à muscle* les lettres du romancier, sans nous donner jamais accès à leur intégralité.

Et qui parle par sa bouche ? Elle et Lui/s ? Eux et Elle ? Que de voix, de plumes ne s'est-elle pas accaparées, Louise, pour composer sa partition-palimpseste ?

— Pardonnez-moi de ne savoir lire qu'à travers mon propre auteur, dit Bérénice. Ton roman est une *Mise à mort* anticipée. Dans *Lui*, le dédouble-

Qui d'autre que moi à l'Agence savait que *La Mise à mort* est un roman post-réaliste d'Aragon ? Anne évidemment mais sa passion pour Flaubert l'avait tenue à l'écart des débats.

ment entre elle et lui se termine par la mort du poète. Dans le roman d'Aragon, ce sont deux romanciers, l'un réaliste

et l'autre non,

qui meurent.

L'un se nomme Antoine

et l'autre Alfred ! !

Alfred de Musset et l'auteur de la *Tentation de Saint Antoine*, autrement dit Flaubert en personne ? Voilà une interprétation à laquelle je n'avais jamais pensé ! J'ai toujours cru qu'il s'agissait d'un Aragon dédoublé ! Tentant de réconcilier en lui le surréaliste qu'il fut avec le réaliste qu'il est devenu...

Les personnages font décidément de formidables lecteur-es. J'admirais le savoir tout neuf d'Eva. Qu'elle épouse le point de vue de la narratrice ne me surprenait pas. C'est ainsi que marchent les récits. Bérénice et Thérèse en revanche m'impressionnaient. Elles ne cessaient de lire depuis leurs romans d'origine. De quoi dépoussiérer bien des œuvres !

J'allais mettre fin à la séance quand j'entendis Thérèse réciter *Dora Bruder*.

> *L'été 1941, l'un des films tournés depuis le début de l'Occupation est sorti au Normandie et ensuite dans les salles de cinéma de quartier. Il s'agissait d'une aimable comédie : Premier rendez-vous. La dernière fois que je l'ai vue, elle m'a causé une impression étrange, que ne justifiait pas la légèreté de l'intrigue ni le ton enjoué des protagonistes. Je me disais que Dora Bruder avait peut-être assisté, un*

> *dimanche, à une séance de ce film dont le sujet est la fugue d'une fille de son âge.* [...]
>
> *Ce film présentait la version rose et anodine de ce qui était arrivé à Dora dans la vraie vie.* [...] *Je concentrais mon attention sur les détails.* [...] *je n'y trouvais rien qui pût correspondre à la réalité, et d'ailleurs la plupart des scènes avaient été tournées en studio. Pourtant je ressentais un malaise. Il venait de la luminosité particulière du film, du grain même de la pellicule.*[...]
> *J'ai compris brusquement que ce film était imprégné par les regards des spectateurs de l'Occupation* [...].

« Ainsi en va-t-il des lettres de Gustave ; elles nous parviennent grâce à toi, Eva, imprégnées du regard de Louise et de bien d'autres encore, après elle. »

J'acquiesçais. Bérénice aussi. Il n'était plus besoin de chercher une auteure susceptible de se lancer dans l'édition de *Madame Bovary, comprenant la correspondance complète d'Elle et Lui.* Eva l'avait reconstituée pour nous. Et c'est ainsi que Louise Colet fut admise au Cénacle, avec l'accord des filles en jaune qui regagnèrent, si tôt le vote achevé, la zone de libre échange.

3

Eva rayonnait.
Thérèse, satisfaite, me jeta un coup d'œil.

Je lui fis signe de me rejoindre dans mon bureau. Tandis qu'elle retirait le manteau jaune qui avait rempli son office, Hélène entrait, *Bove* sous le bras.

Que faire désormais, me demandait Thérèse que l'inactivité rendait fébrile ? Sortir Louise de l'oubli n'est pas de mon ressort. D'ailleurs Eva – qu'elle avait rencontrée dans un sous-sol de la BNF et nullement à l'Agence comme je l'avais imaginé – s'en tirait très bien.

Il fallut bien lui révéler qu'un petit homme tout en jaune, prétendant agir au nom de Gallimard, avait repris la poursuite. Je ne croyais pas plus à la responsabilité de son auteur qu'à celle de son éditeur. Je voulus minimiser l'impact de la nouvelle en lui parlant de mes recherches. Elle n'était pas la seule concernée. De nombreux auteurs et quelques autrices avaient déjà payé d'invraisemblables rançons pour que soient décryptés leurs fichiers. Las ! Quand l'œuvre redevenait lisible, les personnages avaient disparu ! « Où sont-ils détenus, s'ils le sont encore ? Je l'ignore. Je me suis lancée à la poursuite des rançonneurs. Hélène, partie en éclaireuse, avait débusqué un début de piste. Anne derrière nous effaçait nos traces. L'enquête commence à peine mais soyez sans crainte, nous les repérerons sans qu'ils puissent remonter jusqu'à vous. Et nous vous délivrerons, vous et vos pareilles, de ces impitoyables ennemis de la littérature romanesque. »

Une promesse rassure-t-elle jamais ? Thérèse voulut filer à l'anglaise dans quelque roman gothique.

— Vos adversaires sont de redoutables *forbans* qu'on ne berne pas si facilement. »

Notez l'insistance sur ce mot à la polysémie bien établie.

Thérèse s'affola mais *Bécon-les-Bruyères* ne la tentait guère. Les chemins de la BNF lui étant désormais interdits, Anne allait devoir lui fournir un e-book d'escampette.

C'est à ce moment-là qu'Emma avait resurgi. D'où venait-elle ? Avait-elle fui l'École des Genres ?

— Non, j'ai profité des vacances ; j'arrive de *Madame Bovary*.

Trois filles en jaune, Lola, Leïla et Ludmilla qui nous avaient suivi dans mon bureau, se précipitèrent à sa rencontre. Elles la firent asseoir et lui proposèrent le petit noir maison pour lui permettre de reprendre son souffle.

— Je voulais voir comment vous aviez fait pour masquer ma disparition. Beau boulot ! Pas une fissure. Pas la moindre petite éraflure. Mais pourquoi avoir raccourci le bal ?

— Problème de timing, dit Anne qui n'en savait pas plus que moi sur la question. (Nous avions soupçonné une rature de Thérèse mais elle avait nié farouchement.)

— Les lettres de Gustave trainaient dans la salle d'attente. À côté d'*Aurélien*. Et des deux *Éducation sentimentale*. Je n'ai pas pu résister ! Pas mal en vérité. Mais ça ne vaut pas mes lectures d'antan pour lesquelles je suis venue demander réparation.

Elle rêvait d'exhumer *les héroïnes des livres qu'elle avait lus, et la légion lyrique de ces femmes adultères se mit à chanter dans sa mémoire avec des voix de sœurs qui la charmaient.*

— Allons donc, chère Emma ! Partez plutôt à la découverte du monde réel, m'écriais-je. Ça ne vous tente donc pas ?

— On ne s'en évade pas aussi facilement que des livres ! Et puis c'est votre faute. Vous nous avez inculqué l'art de la fugue.

— Vous vous trompez, ma chère. Ce n'est pas moi qui suis venue vous chercher mais Bérénice.

— Peu importe ! Je veux LIRE, LIRE ET LIRE ENCORE, jusqu'à me sentir exister !

Quoiqu'à peine nées, les trois L, Lola-Leïla-Ludmilla, avaient déjà une opinion bien arrêtée sur la question. Elles ne concevaient pas qu'Emma puisse reprendre le chemin qui l'avait menée à sa perte. Pourquoi ne pas devenir autrice ? Ne serait-il pas délicieux de pouvoir à son tour s'écrier :

« Gustave Flaubert, c'est moi ! »

QUIZ
Flaubert a-t-il vraiment prononcé la célèbre formule : « Madame Bovary, c'est moi ! » ?
Réponse A : oui
Réponse B : non
Réponse C : sans opinion

Eva (qui nous avait, elle aussi, rejointes) était du même avis : « Elles ont raison, les filles. Tu as déjà bien assez lu ! Abandonne Rodolphe et les pauvres lettres que tu lui écris sans que Flaubert se donne la peine de les rédiger. Prends sa place ! Empare-toi des deux moitiés de LUI qu'il t'a léguées sans s'en douter : l'une éprise *de gueulades, de lyrisme, de grands vols d'aigle, de toutes les sonorités de la phrase et des sommets de l'idée ; et l'autre qui fouille et creuse le vrai.* Il te suffit de les concilier en toi et tu verras ton histoire s'écrire toute seule, au plus grand dam de ton auteur. »

Emma ouvrait grand des yeux consternés sans oser proférer un mot. Bérénice, surgie à son tour de nulle part, ne lui en laissa d'ailleurs guère l'occasion, elle lui proposa un épilogue de son cru ; puis vint Thérèse qui lui promit de l'aider à changer le dénouement.

Une étrange frénésie gagnait l'assemblée lorsqu'Emma déclara pour mon plus grand soulagement :

— I WOULD PREFER NOT TO. J'ai vu *La Chartreuse de Parme* dans vos rayonnages. Et puisque vous ne semblez pas disposées à me rendre à mes livres, je veux rencontrer la Sanseverina.

Le visage de Thérèse s'éclaira. Elle n'avait pas davantage quitté Paris qu'Emma sa Normandie. La crainte des mauvais traitements dont je lui avais parlé s'évanouit. Au diable Bécon-les-Bruyères, elle partirait avec Emma ! Restait à leur trouver le véhicule adéquat.

Ce ne fut pas même nécessaire.

La Sanseverina était entrée dans nos bureaux !

Elle serait descendue des cintres, eussions-nous été au théâtre. Apparue dans la zone de libre échange, elle visita les lieux comme s'il se fût agi du château de Grianta enfin retrouvé. Je lui en ouvris les portes une à une : le placard aux archives ni l'atelier de duplication ne retinrent son attention. Que cherchait-elle ? Elle semblait tout savoir de mes activités.

— Pourquoi ne m'avez-vous pas appelée dès l'ouverture de l'Agence ? J'aurais su, mieux que vous, rendre Fabrice aimable aux yeux de vos contemporains. Ne l'ai-je pas déjà, par deux fois, sorti de prison ? Soustrait à ses ennemis tout au long du roman ? Peut-être avez-vous pensé que le mérite en revenait à la petite Clélia ? Me voyez-vous donc en *has been* ?

Je l'assurais du contraire. Personne ici ne porte de date de péremption. Je parlais modes et lois du marché. Puis j'en vins à ma reconversion en cours. « En ce moment, nous recherchons des femmes, autrices de préférence. J'aime Stendhal, mais refléter dans ses romans le travail de création ne l'a jamais intéressé. Personne n'écrit de roman chez lui. Je crois que les personnages qui parlent arts et littérature – boutique en somme – l'ennuient profondément. À moins qu'ils ne soient source de comique. Il a écrit cela quelque part. Si vous voulez, je vous donnerai la référence.

La Sanseverina eut un petit rire :

— Mais que suis-je donc à vos yeux ? Reprenez *La Chartreuse de Parme*, tout le début notamment. »

Je m'exécutais, tandis qu'elle poursuivait :

« Ne comprenez-vous pas que Stendhal se projette en moi, que Fabrice est MA créature au moins autant que la sienne. À Parme, je vous l'accorde, c'est Mosca qui prend la relève. Sans lui, Fabrice n'aurait pas su choisir le Noir (l'Église) en lieu et place du Rouge (l'Armée) qui le faisait rêver aux premières pages du roman.

[Sans doute la jeunesse du public l'incitait-elle à donner ces précisions.]

Ne nous prenez pas pour de simples fictions. Le méta- est chez Stendhal simplement plus discret que chez d'autres. »

LEXIQUE : META-
[A DESTINATION DES MEMES]
Élément tiré de μετα prép. et adv. gr. « au milieu (de), avec, après », entrant dans la construction de nombreux mots savants.
Le métatexte décrit le texte, le métalangage le langage.
Et le métavers ?

Je me laissais bien volontiers convaincre et lui présentais l'équipe : Anne et son cercle de lectrices. (Pupitres et tourneuses de page la ravirent.) Mes zolistes et leur jeune recrue, Denise, qui se sentait perdue dans la zone de libre échange. Sans tâche définie parmi nous, elle ne savait à quoi occuper ses journées. Elle détestait l'oisiveté mais l'enlèvement de personnages lui semblait une activité criminelle. Jamais elle n'accepterait d'en faire commerce. La Sanseverina la regarda étonnée. Et Denise de s'enhardir :

— Je me nomme Denise Baudu, normande, originaire de Valognes, arrivée à Paris avec mes frères, dans un roman de Zola. Et seule, sans savoir comme, dans les bureaux où nous sommes.

— Chère Denise – dis-je –, je comprends que vous vous sentiez perdue parmi nous. Laissez-moi vous éclairer. Vous semblez croire que nous donnons dans la contrefaçon. Vous vous trompez du tout au tout. Nous travaillons, en toute transparence, pour le plus grand profit de la littérature elle-même. Nous fournissons, sans causer de tort à personne, types à foison et doublures relookées par nos soins. Restez chez nous en stage d'observation et je suis sûre que vous voudrez participer à la GRANDE AVENTURE aux côtés des jeunes filles en jaune. Dans le cas contraire, nous ne vous retiendrons pas et Anne facilitera bien volontiers votre réinsertion.

Rassérénée, Denise expliqua qu'elle affectionnait l'optimisme de Zola à son endroit. Aucune maladie ne la menaçait. Elle n'avait jamais touché à l'alcool.

Le mariage que son auteur avait concocté pour elle – elle devait épouser le patron du *Bonheur des dames* – lui permettrait de contribuer à l'amélioration des conditions de vie – en effet on mange et on dort sur place, avait-elle cru bon de préciser – et de travail des employé.es du magasin. Allions-nous la priver d'un tel rôle ? Et participer ainsi à la perpétuation des inégalités et de conditions de travail indignes ?

« Un magasin éponyme ? C'est diablement original ! » aurait soufflé Lola, à moins que ce ne soit Ludmilla. Personne ne releva, personne n'avait entendu

Évidemment pas ! Mais il fallait la mettre à la page. Je lui proposais de découvrir, avant son retour au bercail, l'hypermarché contemporain et allais dans mon bureau chercher ce dont j'avais besoin. J'ouvris l'ouvrage et déclamai : *Dans Auchan désert, ce matin, sensation pure de bonheur. Je voyage au milieu de l'abondance, entre les rayons, les étals, sans consulter ma liste de courses, sans souci de l'heure, butinant ça et là quelques nourritures, comme dans un jardin.*

Denise m'écoutait bouche bée. Je lui expliquais que je n'étais pas à l'origine de son arrivée parmi nous mais puisque la chose avait eu lieu, elle pouvait peut-être en tirer profit et compléter sa formation. Zola ni son futur mari ne lui en tiendraient rigueur. Hochement de tête de l'intéressée. Je poursuivis donc en lui montrant le titre d'un autre ouvrage d'Annie Ernaux : *Regarde les lumières mon amour* qui la ravit immédiatement. Et je terminais par ces mots mon petit discours :

Rien n'a changé depuis Le Bonheur des Dames, *les femmes sont toujours la première cible – consentante – du commerce.*

Denise n'était pas très sûre de se sentir flattée. Heureuse cependant qu'on se souvînt d'elle. Tandis que j'imaginais une réédition du *Bonheur* préfacée par la nouvelle nobélisée, la Duchesse, que cette sorte de *grand rendez-vous humain* ne séduisait guère, s'était tournée vers les filles en jaune.

On est duchesse ou on ne l'est pas.

— Et d'où viennent donc ces demoiselles costumées ?

— De notre atelier de confection, fis-je avec un brin de fierté. Je les ai fabriquées moi-même. Je voulais que Thérèse – laquelle sourit à l'appel de son nom – pût se cacher parmi elles. D'où les costumes. Et leur commune couleur. [La Sanseverina ne comprenait pas grand chose à ce que je racontais. Je poursuivis :] Thérèse s'est enfuie d'un roman contemporain, aventurée ici ou là, dans la littérature du XXe siècle. [Gina la regarda soudain d'un autre œil.] Mais on la traque sans relâche. Jusqu'ici, dans nos murs. Il va falloir très vite lui procurer un nouvel asile.

— Nous aurions tant aimé vous rejoindre dans *La Chartreuse de Parme* ! confirma l'intéressée, tandis qu'Emma hochait vigoureusement la tête.

— Ce n'est que partie remise, promit la duchesse la plus heureuse de la littérature. Le comte Mosca, très chère Emma, se fera un plaisir de vous introduire à la cour. Un jour de bal de préférence. Et vous verrez, sous sa conduite, vous ne vous laisserez plus sottement éblouir. Mon auteur a des femmes une meilleure opinion que le vôtre.

— Vous seule pouvez me tirer de l'ornière. Je renonce au bal et à ses fastes, si vous ne m'y conduisez en personne. »

La Sanseverina lui offrit les pages que Simone de Beauvoir avait écrites sur elle.s, les héroïnes stendhaliennes, et lui conseilla de rencontrer la très plébéienne Lamiel, pour laquelle elle avait un faible qu'elle s'expliquait mal. « C'est la petite dernière de Stendhal. Il n'a pas eu le temps d'achever son histoire. Elle vous sera néanmoins plus utile que moi. On ne peut trouver meilleure guide sur la voie de l'émancipation féminine. J'ai cru comprendre que vous refusez de quitter le monde des romans. Lamiel saura éveiller en vous une curiosité qui ne se cantonne pas aux choses de l'amour. Ensemble, peut-être parviendrez-vous à terminer le sien. Voilà qui réconcilieraient vos attentes et celles de votre patronne.

— Excellente idée, dis-je à une Emma visiblement tentée par l'aventure. Pourquoi Stendhal a-t-il abandonné Lamiel ? Rapportez-nous le fin mot de l'histoire. Et vous nous reviendrez sans doute pleine de cette joie de vivre qui vous fait si cruellement défaut.

— Quant à vous, chère Thérèse, je ne crois pas qu'on soit à l'abri très longtemps chez Stendhal. Il est si transparent. Vos ennemis auraient tôt fait de le percer à jour. Mais croyez-moi sur parole, j'ai une certaine expérience des intrigues. Laissez-moi m'acclimater et je m'occuperai bien volontiers de la vôtre.

Anne, voulez-vous, s'il vous plaît, vous charger des formalités puisqu'aussi bien la tâche vous en revient ? Je vous saurais infiniment gré de prolonger mes vacances parmi vous. »

Anne avait peu de goût pour *La Chartreuse de Parme.*

Elle nous quitta soulagée, entraînant dans son sillage lectrices et tourneuses de pages. Il suffisait, comme d'habitude, d'effacer sa disparition pour que la Sanseverina restât à l'Agence aussi longtemps qu'elle le voudrait. Tâche, pour elle, on ne peut plus banale ! Mais ce qu'elle me souffla, en passant la porte, l'était moins : « On ne peut aimer en même temps Flaubert et Stendhal. Pas une page de *La Chartreuse* ne résisterait à l'épreuve du gueuloir que s'imposait Flaubert. » Avoir réparé phrase à phrase *Madame Bovary* et *L'Éducation* n°2 avait-il fait naître en elle une profonde antipathie à l'encontre l'inventeur de la Sanseverina ? L'inquiétude s'empara de moi et je lui emboitai le pas. Que craignais-je au juste ? Qu'à l'instar de Thérèse, elle ne se mette à raturer ? J'imaginais les corrections, forcément malveillantes, que lui soufflerait Flaubert si je ne veillais au grain.

Je ne me trompais qu'à moitié...

CONSIGNES ENONCEES PAR ANNE
DANS LE BUREAU OVALE DES LECTRICES

— Concentrez-vous sur les grandes scènes du roman. Soignez particulièrement celle où la Sanseverina, après la condamnation de Fabrice, feint d'annoncer au souverain son départ de la cour. Soignez son discours. Les pièges qu'elle tend au tyran qui la hait autant qu'il la désire. Faites en sorte que la doublure soit à la hauteur de l'originale. Et puisque vous l'avez vue, en chair et en os, servez-vous en ! Qu'il plie devant sa volonté, tel un pantin plus humilié encore qu'il ne l'est dans le roman.

Aidez-vous de ce qu'écrit Balzac et reprenez maille par maille, sans craindre de le trahir, le texte de Stendhal :

Une des plus belles scènes du roman moderne est, certes, celle où la Sanseverina vient faire ses adieux au souverain, et lui pose un ultimatum. La scène d'Elisabeth, d'Amy, de Leicester, dans Kenilworth, n'est pas plus grande, ni plus dramatique, ni plus terrible.

LE TIGRE EST BRAVÉ DANS SON ANTRE ;

le serpent est pris, il a beau se rouler et demander grâce, la femme l'écrase. Gina veut, elle ordonne, elle obtient un rescrit du prince qui anéantit la procédure. Elle ne veut pas de grâce, le prince mettra que la procédure est injuste et ne peut avoir de suite ; ce qui est absurde chez un souverain absolu. Cet absurde, elle l'exige, elle l'obtient. Mosca est magnifique dans cette scène, où les deux amants sont tour à tour sauvés, perdus, en péril pour un geste, pour un mot, pour un regard !

Ce n'est que la première manche d'un duel qui tient le lecteur en haleine. Reprisez, avec ardeur et talent, tâchez de faire

entendre le tigre

et entrevoir

les rouleaux du serpent.

J'imaginais sans peine les fausses notes que ces consignes ne manqueraient pas de produire. Je ne voulais pas qu'on sentît Balzac derrière Henri Beyle – alias Stendhal, l'homme aux 171 pseudonymes. L'emphase au lieu de la sobriété. L'épique à la place de la satire politique. Je saisis une édition originale de *La Chartreuse*, déposée vierge sur l'un des pupitres, la feuilletai avec une infinie précaution et arrêtai mon choix sur le paragraphe qui précède l'entrée en scène de la duchesse, bientôt méconnaissable si je n'y mettais bon ordre...

« Situons le passage, dis-je pour commencer :

Le prince
fait attendre la marquise,
un petit quart d'heure,
savourant par avance sa victoire,
il imagine ses larmes,
quand elle franchira la porte
pour implorer la grâce de Fabrice... »

Pour réveiller à leur oreille le ton et le style de l'original, je lus ce qui suit :

Ce petit quart d'heure fut délicieux pour le prince ; il se promenait d'un pas ferme et égal, il régnait. Il s'agit ici de ne rien dire qui ne soit parfaitement à sa place ; quels que soient mes sentiments envers la

> *duchesse, il ne faut point oublier que c'est une des grandes dames de ma cour. Comment Louis XIV parlait-il aux princesses ses filles quand il avait lieu d'en être mécontent ? et ses yeux s'arrêtèrent sur le portrait du grand roi.*

« Est-ce durant ce petit quart d'heure que la duchesse s'est éclipsée ? À vous de la réintroduire, sans abîmer l'admirable mouvement de cette très longue scène qui mène le prince, sans qu'il puisse rien tenter ni objecter, de la comédie au fiasco. »

Tranquillisées par mes paroles
(elles l'aimaient, elles, la Sanseverina !
admiraient sa victoire – si éphémère hélas ! –
son dévouement pour son neveu,
son amour
en même temps
pour un Mosca qui leur semblait un homme politique de bon aloi. (Elles ne savaient rien de la répression antirépublicaine à la fin du roman. Mais nous n'en sommes pas encore là.)), elles se répartirent les nombreux chapitres désertés par leur nouvelle idole et se mirent au travail pleines d'énergie.

Je me tournais vers Anne. C'était notre premier désaccord et mon intervention pouvait l'avoir froissée.

— Pardonnez-moi ce moment d'égarement, dit-elle. Rien ne changera dans *La Chartreuse de Parme* officielle. Je ne toucherai pas à Stendhal. Promis. Mais permettez-moi d'ajouter une page à *Bouvard et Pécuchet*. Flaubert en avait le projet. Mort trop tôt, il n'en a pas eu le temps. Que reprochait-il au fond à Stendhal ? On n'en sait trop rien. Dans ses lettres, il ne l'éreinte pas comme il sait si bien le faire, il est même inhabituellement elliptique. Laissez-moi imaginer ce qu'il n'a pas écrit.

— Notre cabinet noir des éditions pirates attend votre exemplaire.

Anne radieuse regagna précipitamment son bureau.

Entretiens de personnalité (bis)

Quand je revins dans la zone de libre-échange, convertie par mes jeunes premières en salon jaune, la Sanseverina siégeait sur une estrade improvisée. Sur le mur, s'affichaient les questions d'un power point qu'Hélène, silencieuse, faisait défiler.

Où en êtes-vous de vos désirs ?
De votre carrière ?
De vos ambitions ?

Les premières interrogées, Lola, Leïla et Ludmilla racontèrent qu'elles venaient de naître à l'existence romanesque. Gagner en autonomie leur semblait compromis par la ressemblance de leurs noms. Mais elles ne s'en offusquaient pas. Elles aimaient parler d'une seule voix, comme les jumeaux du *Grand Cahier*...
Contrairement à la Sanseverina, je savais tout du *Grand Cahier*. →

Et je me promis in petto de les maintenir à l'état d'esquisse afin de leur éviter un sort tragique.

LE GRAND CAHIER
(1ER VOLUME DE LA TRILOGIE D'AGOTA KRISTOF)
raconte l'histoire de deux frères, Lucas et Claus, s'ils sont bien deux, de deux jumeaux, s'ils sont bien jumeaux, qui apprennent à survivre / à écrire dans un pays ravagé par la guerre.

La Sanseverina se tourna vers le reste de l'équipe. Les jeunes filles en jaune appréciaient leur anonymat. Leur curiosité était sans limite. Elles ne voulaient ni se faire un nom, comme Eva découvrant Louise Colet à laquelle elle s'intéressait désormais exclusivement. S'individualiser ni même gagner collectivement en épaisseur. Elles avaient la psychologie en horreur.

Eva fut-elle piquée au vif ?

— Ma première mission fut un succès, c'est vrai. Pourquoi me le reprocher ? Louise Colet préside désormais aux travaux du Cénacle. Elle pourra y œuvrer à la restauration de son nom. Mais j'ai assisté à leur dernière séance... Elle manque de substance, Louise. Peut-être d'Arthez est-il lui-même trop éthéré pour lui donner la réplique ? Et que sait-on au fond de ses convictions politiques ? Ne pourriez-vous, chère Duchesse, présenter à Louise Ferrante Palla ? Stendhal le déclare *tribun du peuple et plus grand poète du Nord de l'Italie.* Amoureux fou de vous, ce qui ne gâte rien. Bref c'est un romantique républicain, exactement ce qu'il lui faut !

— Et qui plus est, Stendhal ne cite jamais un vers de lui. Ça laisse de la marge pour leurs échanges, ajoutais-je aussitôt.

— Mais certainement, sourit la Sanseverina. Il faut cependant aller le chercher. [Se tournant vers les jeunes filles en jaune] Il vit désormais en Amérique. Après avoir, sur mon ordre, empoisonné le prince, il a tenté d'établir une République à Parme. Mosca l'en a empêché sans toutefois le faire arrêter. Par égard pour moi. Il n'a pas fait preuve de la même indulgence envers les autres émeutiers. On n'est pas premier ministre pour rien. Il lui revenait de faire respecter la loi et l'ordre.

Par déférence, les filles en jaune ne firent aucun commentaire. Et se préparèrent pour l'expédition.

Thérèse voulait une amie qui l'emmènerait
en Italie.

J'y travaille, dit la duchesse. Comment aurions-nous pu savoir qu'il serait bientôt trop tard ?

Bérénice souriait.
D'un sourire franc
Qui lui mangeait la bouche,
Et les yeux.

Elle avait la même passion que Balzac pour celle qu'il nomme la Gina. Elle récupéra le texte qu'Anne avait abandonné sur une table. Elle en voulait lire un autre extrait qui nous ramena plus haut encore dans *La Chartreuse*. Bien avant l'assassinat du prince.

Fabrice est en prison
(oui, encore ! dit Bérénice)
menacé d'empoisonnement
(encore une fois, oui !)
il s'est livré
à ses bourreaux
pour revoir Clélia !
La Sanseverina ne risque-t-elle pas d'en mourir ?
de chagrin
de dépit
de jalousie ?

Personne n'osait donc lire à voix haute *La Chartreuse de Parme* elle-même ? Lire en présence de l'intéressée ce que Stendhal écrit d'elle ? Apparemment pas. Bérénice fit résonner dans nos murs le ravissement de Balzac devant l'héroïne de son confrère :

> *O la belle peinture que cette Italienne au désespoir et qui ne peut fuir cette cour détestée ! « Allons, se dit-elle, marche, malheureuse femme ! (on pleure en lisant cette grande parole des femmes), fais ton devoir, feins "d'oublier Fabrice !". L'oublier ! Ce mot la sauve : elle n'a pas pu pleurer jusqu'à ce mot. Donc la duchesse conspire, elle conspire avec le premier ministre, qu'elle a ostensiblement disgracié, mais qui mettrait Parme à feu et à sang pour elle, qui tuerait tout, même le prince ! Ce véritable amant se reconnaît en faute, il est le dernier des hommes. Hélas ! quelle pauvre excuse ! il ne croyait pas son maître, ni si faux, ni si lâche, ni si cruel. Aussi admet-il que sa maîtresse soit implacable. Il trouve naturel que Fabrice soit en ce moment tout pour elle, il a cette faiblesse des grands hommes pour leurs maîtresses et qui les porte à comprendre jusqu'à l'infidélité de laquelle ils peuvent mourir. L'amoureux vieillard est sublime ! Il ne se dit qu'un mot, dans la scène où Gina l'a fait venir pour la rupture. Une seule nuit a ravagé la duchesse.*
> *— « Grand Dieu ! s'écrie Mosca en lui-même, elle a ses quarante ans aujourd'hui ! »*

Bérénice s'était tue, embarquée, dieu sait où… Ce fut donc moi qui enchaînai : « Chère Gina, je comprends cet enthousiasme ! Balzac vous aime tant qu'il conseille à votre auteur d'abandonner Fabrice et Clélia, avant la fin du roman et de terminer, après la mise à mort du prince, sur vous et Mosca enfin, définitivement, triomphants !

— Oui, j'ai lu Balzac... Comment ne pas être flattée ? Je suis pour lui *tout à la fois madame de Montespan, Catherine de Médicis, Catherine II aussi* [...] : *le génie politique le plus audacieux et le génie féminin le plus étendu, cachés sous une beauté merveilleuse.* Balzac m'a sans doute mieux aimée encore que Stendhal, trop partagé entre moi et ma jeune rivale.

Bérénice avait fermé les yeux, elle n'écoutait plus. Le souvenir de Paul venait de se glisser en elle. Dans ses bras, elle avait découvert le plaisir et lui avait soufflé une petite phrase bien énigmatique :

C'est merveilleux un homme qui a ses deux bras

Il avait l'âge de Fabrice ou à peu près, ce gosse qu'elle n'avait pas su prendre au sérieux. Elle l'avait quitté, lui aussi. Était retourné à R., auprès de son mari manchot.

Paul était poète et amoureux fou, comme Ferrante Palla. Trop inféodé – c'est du moins ce qu'elle avait cru – au groupe surréaliste. Mais il était mort pour elle. Elle en était sûre à présent. Elle avait relu le chapitre LXXIII. Il a raison Balzac... Il faut couper *Aurélien*, pas seulement l'épilogue, les derniers chapitres aussi. Finir sur la mort de Paul, volant *désespérément* au secours d'un marin noir qu'on assassine. Crime raciste dans le Paris des années vingt. Ça a plus de gueule que la Débâcle vue par un Aurélien pétainiste.

Tandis que Bérénice s'égarait, toutes se taisaient. Puis la Sanseverina murmura : « *Entre ici, ami de mon cœur...* Comme j'aurais aimé prononcer ces mots.

Mais c'est à Clélia que Stendhal les confie. Une Clélia adultère, comme on disait à mon époque, et jalouse d'un bonheur dont Stendhal respecte le secret :

> *Ici, nous demandons la permission de passer, sans en dire un seul mot, sur un espace de trois années.*

Je crois que je n'aurais pas supporté qu'il en allât autrement... Il ne lui reste plus qu'à nous faire tou. te.s mourir, laissant Mosca, immensément riche, vider les prisons de Parme.

— Belle ellipse en effet, soupira Bérénice. Je la préfère à celle de l'*Éducation sentimentale*, comme à celle d'*Aurélien*. Toute *La Chartreuse* nous a mis en état d'imaginer ces trois années de bonheur après lesquelles plus rien ne compte.

Pas davantage de détails chez Flaubert ou Aragon mais c'est de la désillusion de leurs héros dont nous n'avons plus rien à apprendre. Que fait Frédéric à la fin de son roman ? *Il voyagea.* Idem pour Aurélien. Et au retour, que fait Frédéric ? *Ayant mangé les deux tiers de sa fortune, il vivait en petit bourgeois.* Idem pour Aurélien ! *Au début de février, il écrivit à son beau-frère qu'ayant bien réfléchi, il acceptait de travailler à l'usine.* Retour en province, pour l'un et l'autre. Médiocrité pour l'un comme pour l'autre.

« Médiocrité toute relative », dit Denise pas encore retournée dans *Le Bonheur des dames*. « Il ne se fait pas ouvrier, votre Aurélien. C'est un patron, bien moins séduisant que le mien. »

— Je vous l'accorde, chère Bérénice, les deux hommes de ma vie sont plus enthousiasmants que leurs successeurs. Mais *La Chartreuse de Parme*, c'est un peu une utopie. Ne sommes-nous pas, Fabrice et Mosca, Clélia et moi, l'image même des *happy few* auxquels Stendhal destine son livre ? Comment votre Aragon aurait-il pu, en pleine guerre, imaginer quatre figures, ostensiblement préoccupées de leur seul bonheur ? Je ne dis pas cela pour vous consoler, ma chère. Revenir de Waterloo, en se demandant si c'était bien Waterloo, c'est autrement grisant que revenir des tranchées, modérément vivant. »

Comment la Sanseverina savait-elle tout cela ? Stendhal ne nous la décrit guère en lectrice ...

— J'ai écouté Flaubert et Aragon au casque tandis que je me transportais chez vous ! dit-elle comme si elle m'avait entendue. Le voyage fut long, vous pouvez bien l'imaginer. Je suis heureuse de vous avoir rejointes, j'aime votre équipe ! Thérèse, Emma, les filles en jaune... Bérénice et moi avons encore beaucoup à nous dire. Je me réjouis de travailler à vos côtés à la transformation de la littérature de votre temps. Nous allons lui insuffler de la joie.

J'étais conquise ! Anne et moi, suivies de Bérénice et de la Sanseverina, passâmes dans mon bureau pour régler les formalités nécessaires. Thérèse s'éclipsa en toute discrétion. Emma s'immergea. Les filles en jaune regagnèrent la zone de libre échange, avant le grand départ pour l'Amérique. Louise ravigotée convoqua le Cénacle. Elle voulait y lire ses poèmes. Écouter d'Artez, en attendant Palla.

4

Voyage en Normandie : le retour

Emma n'avait pas voulu tenter l'aventure-Gallica. Puisqu'elle partait seule, sans Thérèse, elle se projeta dans l'épais dossier que présentait le volume soigneusement sélectionné par Hélène. Que de brouillons ! De textes de la main de Stendhal ou écrits sous sa dictée. Elle aima beaucoup le dessin qui désigne, dans le *Journal de Lamiel*, l'un des copistes.

Sur les ailes de l'oiseau, elle découvrit une Normandie pas très différente de la sienne. Le ton du narrateur – qui disparaît au-delà de l'incipit – lui parut familier :

Je trouve que nous sommes injustes envers les paysages de cette belle Normandie où chacun de nous peut aller coucher ce soir. On vante la Suisse ; mais il faut acheter ses montagnes par trois jours d'ennui [...]
Les tristes plaines grises restent du côté de Paris, la route pénètre dans une suite de belles vallées et

de hautes collines, leurs sommets chargés d'arbres se dessinent sur le ciel non sans quelque hardiesse et bornent l'horizon de façon à donner quelque pâture à l'imagination, plaisir bien nouveau pour l'habitant de Paris.

Un début qui la fit bien rire. Sa Normandie natale lui parut moins ennuyeuse. Mais si elle avait poursuivi sa lecture, il lui aurait fallu attendre longtemps, avant de rencontrer Lamiel, à l'hospice des enfants trouvés de Rouen, sous les traits *d'une petite fille de quatre ans, dûment vaccinée et déjà toute gentillette...*

Chapitre II, page 49, rendez-vous compte !

Emma était bien trop impatiente.

→

Elle avait donc retourné le volume et était entrée par l'arrière :

←

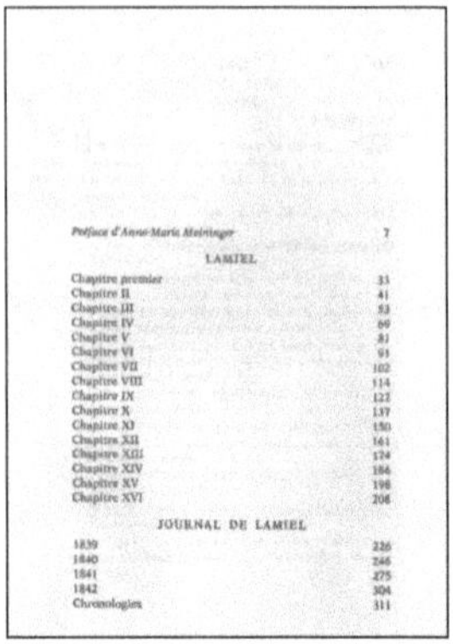

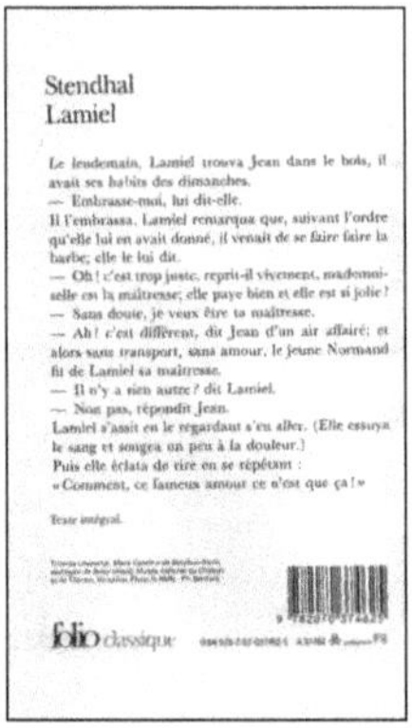
Stendhal
Lamiel

Le lendemain, Lamiel trouva Jean dans le bois, il avait ses habits des dimanches.
— Embrasse-moi, lui dit-elle.
Il l'embrassa. Lamiel remarqua que, suivant l'ordre qu'elle lui en avait donné, il venait de se faire faire la barbe; elle le lui dit.
— Oh ! c'est trop juste, reprit-il vivement, mademoiselle est la maîtresse; elle paye bien et elle est si jolie !
— Sans doute, je veux être ta maîtresse.
— Ah ! c'est différent, dit Jean d'un air affairé; et alors sans transport, sans amour, le jeune Normand fit de Lamiel sa maîtresse.
— Il n'y a rien autre ? dit Lamiel.
— Non pas, répondit Jean.
Lamiel s'assit en le regardant s'en aller. (Elle essuya le sang et songea un peu à la douleur.)
Puis elle éclata de rire en se répétant :
« Comment, ce fameux amour ce n'est que ça ! »

Texte intégral.

folio classique

Pour la 4e de couverture, ne zoomez pas. Vous la lirez plus tard. Promis.

Emma avait ainsi traversé les annexes, dévoré d'une traite les quatre années (1839, 40, 41, 42) du *Journal* ; découvert les esquisses de ce qui s'était d'abord intitulé « Amiel », puis « L'Amiel » et finalement *Lamiel*. Sa précipitation fut largement récompensée. De ce côté du volume, l'héroïne surgissait d'emblée. Dès cet autre début, imaginé et consigné par Stendhal à l'automne 1839 :

Amiel

Chapitre 1

À l'époque où commence cette histoire, c'est-à-dire à la fin de 183 dans un petit village de Normandie* *qu'on appellera Carville pour ne déplaire à personne vivait* [*Amiel* ant.] *Lamiel ; c'était bien la jeune fille la plus éveillée et la plus gentille de tout le Cotentin. Une coupe de visage singulière et gentille, des yeux bleus d'une vivacité parlante, une peau superbe, une bouche facilement souriante, la mettaient en grand honneur principalement auprès de tous les jeunes garçons de dix lieux à la ronde, mais en revanche toutes les jeunes filles la détestaient, les plus futées allaient jusqu'à l'appeler la fille du diable et les plus sottes le croyaient et elles avaient peur.*

Voilà qui aurait comblé Bérénice, sourit Emma, pas de Charles ici pour faire de l'ombre à l'héroïne. Lamiel occupe tout l'écran. Pourquoi Stendhal avait-il renoncé à faire surgir son personnage tout armée, dès les premières lignes du roman ?

Pourquoi diable
l'en avait-il chassée ?

Au fil du temps et des esquisses, Emma, désorientée, voyait Lamiel lentement rétrograder à l'arrière-plan et Stendhal bifurquer vers un autre roman. Comme s'il se désintéressait d'elle.

Vint le moment, en mars 41, où Stendhal la raya carrément du titre !

Choses ajoutées à l'ancienne « Lamiel »
pour en faire « Les Français of φιλιπε »
en Mars 1841

Exit l'héroïne éponyme ! « Les Français du roi Philippe », je vous demande un peu ! Incompréhension

[*f° 10 :*] Sank [sangsues]
Au com[mencemen]t de Mars 42 si j'y suis
LES FRANÇAIS DU KING φιλλιππε

et colère grondaient en Emma qui poursuivit néanmoins son exploration.

Arrivée au bout du *Journal*, Emma retourna le volume et reprit sa lecture à l'endroit :

→

Elle fit ainsi la connaissance

• d'une certaine marquise de Miossens, devenue duchesse,

• de son fils, bizarrement nommé Fedor,

• de deux abbés que tout oppose, dont le bientôt fameux docteur Sansfin

• et enfin de ceux qui allaient devenir l'oncle et la tante adoptif-ve-s de L/amie/l.

Le tout bien avant de la rencontrer, ELLE.

Alors qu'elle sentait l'essoufflement la gagner ...

Une heureuse surprise l'attendait.

Puisque Stendhal n'avait pas achevé *Les Français du roi Philippe*, l'éditrice avait pris sur elle de compléter le volume ! Quelle heureuse initiative ! L'amie/l reprenait doucement l'avantage et regagnait le premier plan.

Ce fut comme une révélation.

Sous les yeux éblouis d'Emma, *Lamiel* s'offrait une belle revanche posthume.

Était-ce seulement l'approche de la mort qui avait fait reculer Stendhal ? L'inachèvement cachait-il autre chose ? Un secret qu'il préféra taire ? Emma se promit de résoudre l'énigme. Et puisqu'à l'Agence, on la voulait autrice, elle ferait ses armes ici, sûre que la principale intéressée lui prêterait main forte pour reconquérir son rôle de jeune première. Pas question de laisser Stendhal la délaisser au profit d'un médecin, bossu qui plus est ! Il ne manquait plus qu'un pied-bot pour que l'affaire soit pliée ! Si elle ne s'en sortait pas seule, Emma ferait appel à Thérèse pour raturer les prétentions politico-romanesques du dénommé Sansfin (non, mais franchement !) qui voulait devenir député – ou préfet – et remplacer Lamiel dans les coulisses comme à l'avant-scène. Pourquoi pas dans le titre, pendant qu'il y était ! *Le Docteur Sansfin* ! Qu'imaginer de pire ?

Emma se faisait fort de remettre le roman sur ses rails. Elle écrivit à Lamiel et lui donna rendez-vous dans la note de l'auteur himself que voici : *Ces aventures sont peu édifiantes et cette nouvelle est un mauvais livre.*

Pas de doute Stendhal avait besoin d'aide.

D'accord avec elle,
Lamiel se matérialisa sur le champ.

Déclaration de Lamiel :

« Je crois en effet connaître l'obstacle-que-je-finis-par-devenir à la poursuite de mon propre roman, annonça l'intéressée avant même qu'Emma ait commencé à l'interroger. Stendhal ne manquait pas d'audace en me choisissant, moi qui ne suis vraiment pas dans les canons de l'époque. Contrairement à vous, chère Emma, (vous permettez que je vous appelle par votre petit nom ?) je ne suis pas allée au couvent, c'est dire mon inculture ! Dès qu'on me le permet, je dévore d'autres livres que les vôtres ou plutôt je suis dévorée par la *libido sciendi*, c'est une forme de concupiscence qui vous est, je crois, étrangère. (Si Emma l'avait voulu, elle aurait fait valoir qu'elle avait bien changé depuis l'époque de *Madame Bovary* mais elle n'avait pas infiltré *Lamiel* pour parler d'elle).

Écoutez comment Stendhal parle de moi dans les premiers temps de son travail : *Elle étudiait, elle doutait, elle ne savait à quel parti s'arrêter sur toutes choses ; la curiosité était toujours son unique et dévorante passion.* Autour de moi, tout et tous sont bons pour m'instruire, dans tous les domaines, même la géométrie, même les mathématiques ! Stendhal m'a dotée d'une *légion de maîtres* et me fait travailler *comme un*[*e*] *écolier*[*e*]. J'ai longtemps pensé qu'il n'avait inventé les autres personnages que pour me fournir en pédagogues. Le fameux Dr Sansfin qui vous irrite si fort n'a au départ qu'une idée en tête : me déniaiser corps et âme. Mais je me suis assez bien passée de ses services, ne lui laissant m'ouvrir les yeux que sur la réalité des rapports sociaux. Je ne pouvais pas avoir de meilleur maître, dans ce domaine.

Stendhal pointe très vite l'originalité de mon caractère.

> *Elle n'avait aucune disposition à faire l'amour ; ce qu'elle aimait par dessus tout, c'était une conversation intéressante. Une histoire de guerre, où les héros bravaient de grands dangers et accomplissaient des choses difficiles, la faisait rêver pendant trois jours, tandis qu'elle donnait une attention très passagère à un conte d'amour.*

Si vous me permettez, Stendhal se moque de votre auteur ou, si vous préférez, le corrige par anticipation. Regardez, lorsqu'on me donne à lire les romans hypocrites de Mme de Genlis, Stendhal précise aussitôt :

> *Lamiel n'était attentive qu'aux obstacles que les héros rencontraient dans leurs amours. Allaient-ils rêver aux charmes de leurs belles au fond des forêts éclairées par le pâle rayon de la lune, elle pensait aux dangers qu'ils couraient d'être surpris par des voleurs armés de poignards, dont elle lisait les exploits détaillés, tous les jours, dans la Quotidienne.*

Ne m'a-t-il pas conçue à l'exact opposé de ce que vous êtes ? Comme s'il voulait en finir avec certaines idées reçues.

On peut à bon droit supposer que Lamiel raille ici l'auteur du *Dictionnaire des idées reçues* pour lequel elle éprouve visiblement peu d'amitié.
La réciproque est plus que probable, Anne nous le confirmera.

Le sexe, c'est à peu près la seule chose dont je fais très vite le tour. Mais revenons à mon dépucelage. (Elles sortirent un instant de la note dans laquelle se déroulait cette conversation).

LEXIQUE ? Inutile ! Tout le monde sait ce qu'est une 4e de couverture. Le truc qui vous permet de parler des livres sans les avoir lus. Voir ci-dessus pour l'image et ci-dessous pour le texte :

Ils ont raison, les éditeurs, de l'avoir choisi comme 4e de couv..

Le lendemain, Lamiel trouva Jean dans le bois, il avait ses habits du dimanche.

— Embrasse-moi, lui dit-elle.

Il m'embrassa. Lamiel remarqua que, suivant l'ordre qu'elle lui avait donné, il venait de se faire ~~faire~~ la barbe ; elle le lui dit.

— Oh ! C'est trop juste, reprit-il vivement, mademoiselle est la maîtresse ; elle paye bien et elle est si jolie !

« Il piquait, Jean, quand je l'ai payé pour qu'il m'embrasse la première fois. À ma demande, il s'est donc fait raser ».
Est-ce Lamiel elle-même qui corrige ? Qu'a-t-elle à faire de la syntaxe ou de l'orthographe ?

— Sans doute, je veux être ta maîtresse.

— Ah ! c'est différent, dit Jean d'un air affairé ; et alors sans transport, sans amour, le jeune Normand fit de Lamiel sa maîtresse.

— Il n'y a rien autre ? dit Lamiel.

— Non pas, répondit Jean.

Lamiel s'assit en le regardant s'en aller. (Elle essuya le sang et songea un peu à la douleur.)

Puis elle éclata de rire en se répétant :

« Comment, ce fameux amour ce n'est que ça ! »

Il y a là un petit côté XVIIIe siècle dont Stendhal était fan ; ça me plait bien à moi aussi, poursuivit Lamiel. Une chose est sûre : mes amants suivants ne me feront pas changer d'opinion. Souvenez-vous de la facilité avec laquelle je fais *lit à part*. Tandis que vous ! Au lendemain de votre nuit de noces, vous auriez pu faire le même constat. Mais à ce moment-là de votre roman –

oui,
je vous l'ai dit,
la chair est triste, hélas !
et j'ai lu tous les livres

—, ce n'est pas à vous que votre auteur s'intéresse. Il se moque de celui qui vous a donné son nom et le funèbre titre de votre roman. Il n'est certes pas bossu mais pas franchement plus séduisant pour autant.

> *Charles n'était point de complexion facétieuse, il n'avait pas brillé pendant la noce* [...]
> *Le lendemain, en revanche, il semblait un autre homme. C'était lui plutôt qu'on eût pris pour la vierge de la veille, tandis que la mariée ne laissait rien découvrir où l'on pût deviner quelque chose.*

Jolie inversion des rôles qu'il n'était peut-être pas nécessaire de souligner. Comme moi, vous voudrez en avoir le cœur net ! N'est-ce bien *que ça, ce fameux amour* ? Toutes vos lectures vous soufflent que non. C'est là que nos chemins divergent. Vous devenez l'héroïne de vos illusions, en même temps que celle du roman. Au contraire, plus les miennes s'envolent, plus Stendhal recule et me relègue dans un coin d'un roman qui l'ennuie au point de ne pouvoir l'achever. À moins que ce ne soit par peur du scandale.

Avant de m'abandonner tout à fait, il tente un dernier coup et me donne à un brigand, nommé Valbayre. Vous l'avez rencontré dans le *Journal*, le 25 septembre 1839. Vous en souvenez-vous ?

> *L'intérêt viendra avec le véritable amour. Valdayre rouvre la porte un instant après que l'amant de Lamiel vient de sortir ; elle se cache pour lui faire une plaisanterie et voit ce qu'il vient faire ; elle voit Valdayre qui jette un coup d'œil et se met sans délai à ouvrir un secrétaire. Lamiel se présente à lui ; il saute sur elle avec un couteau ouvert à la main et la prend par les cheveux pour lui percer la poitrine ; dans l'effort fait, le mouchoir de Lamiel se dérange ; il lui voit le sein.*
> *— Ma foi, c'est dommage s'écrie-t-il.*
> *Il lui baise le sein puis lâche les cheveux.*
> *— Dénonce-moi, et fais-moi prendre, si tu veux ; lui dit-il.*
> *Il la séduit ainsi. « Voilà du caractère ! ». Elle ne se dit pas cela ; elle le voit et en sent les conséquences.*
> *— Qui êtes-vous ?*
> *— Je fais la guerre à la société qui me fait la guerre. Je lis Corneille et Molière. J'ai trop d'éducation pour travailler de mes mains et gagner 3 francs par dix heures de travail.*

N'est-ce pas tout à fait charmant ? Un peu niais peut-être... Sensiblerie féminine, dirait votre auteur. Bref, Valbayre, traqué par toutes les polices, *me mène fièrement au spectacle ; cette audace* me rend *folle d'amour*. Dans la comparaison entre le duc que j'étais censée épouser (passons, passons, il n'est vraiment pas intéressant celui-là) et mon Valbayre, bientôt emprisonné et condamné aux galères, on sent passer l'ombre du *Rouge* et celle de *La Chartreuse*. Stendhal tente-t-il se ressaisir de ses propres forces ? En appelle-t-il à Hugo et à Jean Valjean ?

Me voici à Toulon, j'aperçois Valbayre enchaîné... Aussitôt,

> je quitte tout pour lui !
> Je l'aide à s'évader.
> De retour à Paris,
> il récidive ;
> il assassine.
> Il est repris.
> Condamné à mort,
> il se tue.

Quant à moi, j'épouse la triste fin des romans que j'aimais tant et l'on me voit incendier le Palais de Justice pour venger Valbayre ! Plus tard, on retrouvera des *ossements à demi calcinés dans les débris de l'incendie.*

Voici le bouquet final auquel mon cher auteur finalement renonça. Il n'a pas forcément eu tort, je le reconnais... Choisir de finir sur un Sansfin, sous-préfet ou en député qui *se vend pour chaque vote*, n'est-ce pas faire la nique à Flaubert et parodier *L'Éducation sentimentale ?...*

Laissez-moi finir d'une citation que j'adore :

La politique dans un roman, c'est comme un coup de pistolet au milieu d'un concert, quelque

L'image plaira beaucoup à André Breton qui n'a rien à faire ici. À moins que nous ne soyons dans la tête de Bérénice, lisant ces lignes,
on ne sait à quelle occasion.

chose de grossier et auquel pourtant il n'est pas possible de refuser son attention.

Emma trouva l'idée étrange et la citation incongrue. Guère habituée à la polémique, elle préféra changer de sujet. Le renoncement de Lamiel aux choses de l'amour lui semblait suspect. « Puisque Stendhal vous prive de votre brigand, n'aimeriez-vous pas jouir, avec l'un des amants qui vous restent, d'une belle scène érotique ?

— Digne de celle dont Flaubert vous a gratifié dans la fameuse calèche ? Avec ce Léon qui n'est pas *franchement* plus reluisant que son prédécesseur ...

— Mais, chère Lamiel, quel morceau de bravoure ! Flaubert l'a ajouté in extremis. Sur épreuves ! Oui, je trouve qu'il me fait là un joli cadeau...

Emma ferma les yeux et retrouva le chemin de Madame Bovary... À contempler son visage épanoui, on aurait pu croire que rien en elle n'avait changé. Elle revivait, heureuse, ses illusions retrouvées !

La voici qui aperçoit de nouveau

Léon, déniaisé par la capitale,
le fiacre où il la fait monter...

Les stores s'abaissèrent, et la lourde machine se mit en route.

L'Emma du dehors rêve à celle du dedans

Elle descendit la rue Grand-Pont, traversa la place des Arts, le quai Napoléon, le pont Neuf et s'arrêta court devant la statue de Pierre Corneille.
— Continuez ! fit une voix qui sortait de l'intérieur.
La voiture repartit, et, se laissant, dès le carrefour La Fayette, emporter par la descente, elle entra au

grand galop dans la gare du chemin de fer.

— Non, tout droit ! cria la même voix.

Le fiacre sortit des grilles, et bientôt, arrivé sur le Cours, trotta doucement, au milieu des grands ormes. Le cocher s'essuya le front, mit son chapeau de cuir entre ses jambes et poussa la voiture en dehors des contre-allées, au bord de l'eau, près du gazon.

« Qu'il est fantaisiste, cet itinéraire ! » chuchota une Lamiel ironique.
- À l'image des prouesses de mon amant, aurait pu rétorquer Emma si elle n'avait été de nouveau tout entière dans le fiacre.

Transportée
l'Emma du dehors
ne put s'extraire du passage

Ne zoomez pas ! Mesurez l'ampleur du pavé. Si vous voulez le lire, reportez-vous à votre édition préférée.

Elle alla le long de la rivière, sur le chemin de halage pavé de cailloux secs, et, longtemps, du côté d'Oyssel, au-delà des îles.

Mais tout à coup, elle s'élança d'un bond à travers Quatremares, Sotteville, la Grande-Chaussée, la rue d'Elbeuf, et fit sa troisième halte devant le jardin des plantes.

— Marchez donc ! s'écria la voix plus furieusement.

Et aussitôt, reprenant sa course, elle passa par Saint-Sever, par le quai des Curandiers, par le quai aux Meules, encore une fois par le pont, par la place du Champ-de-Mars et derrière les jardins de l'hôpital, où des vieillards en veste noire se promènent au soleil, le long d'une terrasse toute verdie par des lierres. Elle remonta le boulevard Bouvreuil, parcourut le boulevard Cauchoise, puis tout le Mont-Riboudet jusqu'à la côte de Deville.

Elle revint ; et alors, sans parti pris ni direction, au hasard, elle vagabonda. On la vit à Saint-Pol, à Lescure, au mont Gargan, à la Rouge-Mare, et place du Gaillardbois ; rue Maladrerie, rue Dinanderie, devant Saint-Romain, Saint-Vivien, Saint-Maclou, Saint-Nicaise, — devant la Douane, — à la basse Vieille-Tour, aux Trois-Pipes et au Cimetière monumental. De temps à autre, le cocher sur son siège jetait aux cabarets des regards désespérés. Il ne comprenait pas quelle fureur de la locomotion poussait ces individus à ne vouloir point s'arrêter. Il essayait quelquefois, et aussitôt il entendait derrière lui partir des exclamations de colère. Alors il cinglait de plus belle ses deux rosses tout en sueur, mais sans prendre garde aux cahots, accrochant par-ci par-là, ne s'en souciant, démoralisé, et presque pleurant de soif, de fatigue et de tristesse.

Et sur le port, au milieu des camions et des barriques, et dans les rues, au coin des bornes, les bourgeois ouvraient de grands yeux ébahis devant cette chose si extraordinaire en province, une voiture à stores tendus, et qui apparaissait ainsi continuellement, plus close qu'un tombeau et ballottée comme un navire.

Une fois, au milieu du jour, en pleine campagne, au moment où le soleil dardait le plus fort contre les vieilles lanternes argentées, une main nue passa sous les petits rideaux de toile jaune et jeta des déchirures de papier, qui se dispersèrent au vent et s'abattirent plus loin, comme des papillons blancs, sur un champ de trèfles rouges tout en fleur.

Puis, vers six heures, la voiture s'arrêta dans une ruelle du quartier Beauvoisine, et une femme en descendit qui marchait le voile baissé, sans détourner la tête.

— On touche ici à l'essentiel de la création, déclara Lamiel. Nos auteurs ont pillé la vie de leur modèle. C'est avec Louise Colet que Gustave est monté en voiture. Il vous honore ainsi d'un moment d'autocélébration. Pas sûr que Louise en soit aussi comblée que vous ! Stendhal m'écrivant pense aussi à une femme dont il a découvert le lesbianisme, une femme qu'il a aimée, la seule peut-être avec laquelle il ait vécu ; elle s'appelait Mélanie Guilbert. Avouez que c'est diablement plus original que votre *baisade* comme la nomme élégamment votre auteur.

Stendhal a-t-il reculé, en romancier, devant une réalité qu'il craignait de ne pas savoir peindre ? C'est l'hypothèse de celle qui m'a éditée dans le folio où nous devisons si agréablement et c'est en effet ce que semble indiquer une petite phrase du Journal, en date du 17 mars 1840 : *Je ne puis travailler à rien de sérieux for the little gouine.* Impossible décidément de me faire tomber dans les bras de Valbayre. Et apparemment pas davantage de lui substituer quelque héroïne plus à mon goût. Stendhal souffre de plus en plus, écrit de moins en moins. Ne craint-il pas la comparaison avec Balzac qui l'a précédé sur ce terrain ? Il se souvient de *La Fille aux yeux d'or.* Des amours de

Paquita et de la marquise de Saint-Réal.

D'ailleurs cette Saint-Réal n'est-elle pas apparentée à l'abbé du même nom que cite Stendhal dans *Le Rouge et le noir ?*

Comment rivaliser dans l'état où il est ?

— Impossible d'imaginer en son temps un happy end lesbien, conclut une Emma visiblement séduite. Transportons le roman au XXIe siècle.

Elle accepterait l'aide au dénouement que lui avait si généreusement proposé Thérèse, tandis que Lamiel resterait dans le volume, pour veiller au grain. Pas question de laisser de vulgaires imitateurs se saisir d'elle, sans son accord.

5

Revenue rue Lalande, Emma trouva l'Agence sens dessus dessous.

Thérèse avait disparu ! Cinq des filles en jaune étaient parties pour l'Amérique, à la recherche de Ferrante Palla, le poète italien, exilé loin de Parme. Celles restées dans nos bureaux avaient vainement fouillé le moindre recoin et se terraient à présent dans l'armoire aux archives. Lola, Leila, Ludmilla s'étaient enfoncées dans les volumes nouvellement accumulés. Monstrueuse forêt de mots ! Rentrées bredouilles, elles se lamentaient de n'avoir qu'à peine connu Thérèse et sanglotaient dans la zone de libre échange.

L'accablement régnait partout. Nous avions toutes le sentiment que quelque chose d'irréparable s'était produit. Anne, les yeux rivés sur l'écran, ne quittait plus son bureau ni Gallica. Était-elle absorbée par *La Petite Bijou*, espérant y dénicher une Thérèse revenue au nid ? Je n'y crus pas un instant. Je me sentais terriblement responsable, j'avais failli à la mission que je m'étais à moi-même assignée. Je m'étais laissée détourner par chaque nouvelle venue.

Que de temps j'avais perdu depuis notre rencontre, au métro Chaussée d'Antin ! J'avais laissé Thérèse suivre ses impulsions et gravement sous-estimé ses adversaires.

La Sanseverina aussi se taisait. Il aurait fallu expédier fissa Thérèse en Italie. Mais l'urgence de la situation lui avait échappé. Comment aurait-il pu en être autrement ? Comment aurait-elle pu se représenter les pirates et autres brigands dont nous lui avions parlé ? Pénétrer une intrigue largement incompréhensible pour elle ? Le monde des courtisans est autrement prévisible que celui des forbans, avait-elle soupiré navrée.

Bérénice seule résistait.
Pourquoi toujours imaginer le pire ?
Thérèse s'est simplement senti pousser des ailes.

Sans moi (me dit-elle), elle ne se serait jamais crue assez forte pour tenter une nouvelle expédition en solitaire.

Je n'étais nullement convaincue.
Partir
sans laisser derrière elle
le moindre mot ?

Soudain Anne s'écria : « Regardez, c'est par là qu'elle est passée ! » Une backdoor [prononcez « porte dérobée »] s'était ouverte sur son bureau. Après une courte manipulation, elle fit apparaître une fragile trace d'effraction dans la ligne de code d'un programme inconnu qu'elle fit défiler sur l'écran. Aucun pirate en vue. Tous les regards étaient braqués sur les signes cabalistiques qui s'affichaient, lorsqu'Emma, soulagée, s'exclama [oui, c'est bien Emma qui prononça la réplique qui suit] :

— Ce n'est pas du travail de pro mais du Stendhal tout craché ! Un novice en cyber sécurité ! Croyez-moi, je l'ai vu encoder « le roi Philippe »...

— Je confirme, déclara la Sanseverina, Stendhal est un chiffreur né. Il crypte tout, tout le temps. Noircit les marges de tous ses manuscrits. Ce qu'il écrit *for me* doit le rester. Il ne pouvait imaginer la facilité avec laquelle votre époque craquerait ses pauvres codes !

Thérèse avait-elle été séduite par l'homme aux mille et un pseudonymes [leur nombre varie selon les sources] et plongé dans son œuvre ? Avait-elle suivi Emma ? Rencontré Lamiel ? Assaillie de doutes, je me sentais tout aussi inutile que coupable. Anne se mit à parcourir tout ce qu'elle avait rassemblé à une vitesse qui nous laissa pantoises. Rapidement elle délaissa marges et commentaires, se concentrant sur l'œuvre même. Je la vis ralentir quand elle atteignit *Lucien Leuwen*, l'autre grand roman abandonné. Sans résultat. Elle bifurqua vers les livres de voyages. Nouvel échec ! Rien ne signalait la présence de Thérèse, pas plus à *Rome*, qu'à *Naples* ou à *Florence*.

— Peut-être s'est-elle égarée dans *De l'amour* à la recherche d'un anonymat bienvenu. Dans un traité, on peut se cacher n'importe où. Devenir un cas. Un exemple perdu parmi les autres...

— À moins qu'elle n'ait été séduite par *La Vie de Henry Brulard*...

Nous prenions le problème à l'envers ! « Thérèse ne s'est jamais évadée sans une bonne raison. À nous de découvrir laquelle. »

Découvrir le mobile de Thérèse ! Un silence pesant s'abattit sur les bureaux... Le désarroi gagnait du terrain...

Soudain, un cri ...

— Nestor ! Il l'aimait bien, la gosse, même si elle n'est pas restée longtemps à son service. Lui seul peut nous aider !

La proposition d'Hélène fut approuvée à l'unanimité.

Le combiné reposait à peine sur son bloc, que le détective de l'Agence Fiat Lux entrait dans nos bureaux.

Nestor fit le tour des lieux, ravi de croiser autant de jolies filles. La zone de libre échange lui inspira quelques commentaires vaguement grivois. Il fit rire les filles en jaune, leur proposant un CDI sur mesure. Avec Bérénice, il eut moins de succès. Thérèse était son amie, elle était finalement tombée d'accord avec moi, partir sans un mot ne lui ressemblait pas. Et elle pria Nestor de prendre l'affaire au sérieux.

« Certainement gente dame, répondit le galant détective, mais il faut commencer par me mettre au parfum. Je me souviens de Thérèse, de sa petite voix rêveuse : "ma mère, je ne sais pas si elle est morte au Maroc..." C'est à peu près tout ce que je sais d'elle ; je doute que ce soit un bon point de départ dans le cas qui vous occupe. »

La première fois que Bérénice vit Thérèse,
c'était à la Place de l'étoile.

Silence consterné de Nestor à qui l'allusion échappait. Tout le monde ne connaît pas son *Aurélien* par cœur.

« Mais *La Place de l'étoile,* vous connaissez ? poursuivit railleusement Bérénice. C'est le titre du premier livre de Modiano. Le narrateur, un dénommé Raphaël Schlemilovich, y ambitionne de devenir *le plus grand écrivain juif français après Montaigne, Marcel Proust et Louis-Ferdinand Céline.* Aucun rapport avec Thérèse. **Trop noir pour elle.** Ou peut-être trop drôle. *No matter,* ce n'est pas là que j'ai rencontrée Thérèse, mais bien dans *Aurélien.* »

Nouveau silence du vaillant détective.

Bérénice raconta les balades dans Paris, les visites d'atelier, les soirées chez Mary de Perseval, les nuits au Lulli's. Thérèse était ensuite brièvement revenue à Modiano. D'un roman l'autre, elle s'était mise à raturer tout ce qui lui déplaisait dans les livres qu'elle visitait : les discours trop longs de narrateurs trop savants, les fins tragiques. « Elle a vainement tenté de transformer le mien. Mais parfaitement réussi à empêcher le suicide d'Ingrid au tout début de *Voyage de noces*... Pas question que l'histoire la rattrape, m'a-t-elle expliqué à son retour. Si Emma n'avait pas été enlevée par mes soins, je suis sûre que Thérèse se serait employée à noyer le poison.

— Venons-en au fait, dit Nestor qui ne goûtait ni la plaisanterie ni ce long préambule.

— Elle était encore à nos côtés, quand nous suivions, dans le dernier Stendhal, les tribulations d'Emma Bovary (hochement de tête désapprobateur de l'intéressée qui avait abandonné son patronyme, avant même son expédition chez Stendhal).

— Sa disparition nous a prises au dépourvu, poursuivit Hélène. Nous avons supposé qu'elle avait volé au secours d'une Lamiel menacée de jouer les seconds rôles. Que nenni ! Emma ne l'a aperçue nulle part. Elle nous l'a confirmé tout à l'heure. Nous avons alors examiné, de fond en comble, le dossier génétique sans trouver la moindre trace de Thérèse.

« Le dossier génétique » ? Sans dissimuler plus longtemps son impatience, Nestor se garda bien d'en demander davantage.

Les doigts d'Anne virevoltaient, affichant les définitions nécessaires à une bonne compréhension.

— Thérèse est en danger », dis-je précipitamment. Nestor Burma se tourna vers moi, intrigué. Il ne savait rien de la traite des personnages dont il entendait parler pour la première fois. J'expliquais donc : « Les pirates que nous traquons, sans succès jusqu'ici, s'introduisent dans les logiciels. Ils effacent tout ce qui peut être monnayé. Las, la rançon payée, ils ne restaurent pas plus les fichiers qu'ils ne fournissent de clés de déchiffrement ! Les dégâts dans la littérature nativement numérique sont d'ores et déjà irréparables. Les e-books ne vont pas tarder à disparaître. Quant à la littérature papier, elle risque de tomber en désuétude si nous n'arrêtons pas le trafic ! »

Après un court silence, Nestor soupira : « Comment pourrais-je vous aider, moi qui n'ai connu que les autodafés ? »

Il n'avait pas tort.

Hélène insista. Il consentit. Lui avait-il jamais rien refusé ?

— Je connais du monde chez les typographes, dit-il histoire de jouer les affranchis, je peux toujours commencer par là.

— Ce métier aussi a bien évolué, dit Anne. Je vous fais un petit briefing ?

— Volontiers, répondit le Casanova du roman noir.

Anne cliqua et fit apparaître une diapositive qui détaillait le profil idéal d'un bon typographe :

> *La mission du créateur de caractère est de donner une harmonie visuelle tout en permettant une lisibilité claire à tout un jeu complet de caractères. Son métier comporte donc une forte dimension créative, mais doit également répondre à des impératifs techniques* ... [L'attention de Nestor fléchissait.] *Le typographe travaille en lien avec le domaine de l'imprimerie et l'édition, mais aussi le design graphique....* [again]. *En choisissant une police plutôt qu'une autre, il joue un rôle prédominant* ...

— Allons voir à quelle sorte de police nous avons affaire, coupa un Nestor que la tirade avait déçu.

Le silence s'installa.

Par où commencer ?

Hélène vint à son secours. Elle lui tendit la photographie argentique d'un atelier dont il n'aurait aucune difficulté à dénicher l'adresse.

« Encore un monde de femmes, je suis verni ! », pensait Nestor.

Nestor chez les typographètes

Penchées sur les casses à caractère, les typographètes se relevèrent surprises par sa mise comme par ses premières questions. D'où sortait donc ce singe, au galurin d'une autre époque ? Une telle apparition ne pouvait qu'éveiller leur curiosité. Elles se firent un plaisir de satisfaire la sienne.

Oui, il se produisait de drôles de choses dans l'atelier. Comment en avait-il eu vent ? Il aurait été bien incapable de répondre à leurs questions. Alors elles racontèrent. Un phénomène étrange, qu'elles ne s'expliquaient pas, vidait chaque jour les rez-de-chaussée où elles casaient une tranche du roman-feuilleton en cours de publication.

LA PRESSE

MÉMOIRES D'UNE JEUNE FEMME

Nestor se sentait enfin en terrain connu, il n'ignorait rien desdits rez-de-chaussée qui firent longtemps la Une des journaux. Il lui était même arrivé d'y trouver l'inspiration quand une enquête patinait. Il faut dire que son créateur, l'auguste Malet, adorait *Les Mystères de Paris* d'un certain Eugène Sue, feuilletoniste célèbre dont elles avaient peut-être entendu parler ? Il lui empruntait volontiers personnages et situations.

Les typographètes opinèrent mais ce n'était pas chez Sue qu'on trouverait l'explication de ce nouveau mystère. Elles ne comprenaient pas comment « la chose » était possible ; les unes croyaient à quelque intervention surnaturelle, les autres à une invention du futur, dissimulée dans leur univers.

— Le fameux rançongiciel ? Impossible, pensa Nestor qui n'était pas grand amateur de science-fiction.

— Quand nous revenons le matin – dit celle qu'on voit de dos sur la lithographie – , bien des héroïnes populaires ont déserté les bas de page que nous retrouvons caviardés. Il ne nous reste plus qu'à tout recommencer. Essayez d'imaginez Rocambole sans la Belle Jardinière !

Celle qui se tenait de profil, au premier plan, quand Nestor était apparu, pointa du doigt l'homme en haut de forme qui s'était subrepticement glissé derrière Burma.

— Visez le gaillard, c'est un feuilletoniste, il vient chaque jour ! Il nous surveille ! Il nous prend pour des criminelles !

N'y voyez aucune allusion à Louise Colet qui eut affaire au rédac-chef des *Guêpes*, grossier personnage qui n'a rien à faire ici.

— Alors que c'est lui qui pique !

— Et salement encore !

— Il nous a menacé de la Petite Roquette si nous ne mettions pas fin à nos « petites activités ». Il est persuadé que nous avons inventé un procédé révolutionnaire, capable de supprimer qui nous voulons !

— Il nous prend pour Anastasie !

— Il y a bien à l'atelier deux hommes qui manient le marteau, mais les ciseaux, jamais !

— Nous ne censurons personne ! Ne supprimons personne.

— Ni Dieu ni maître, proclamèrent-elles avec un bel enthousiasme.

Touché par un élan qui lui rappelait sa jeunesse, Nestor leur promit de s'occuper du gonze dès qu'il aurait retrouvé Thérèse.

— Thérèse ? répéta une gamine qui n'avait encore rien dit. Une citadine aussi étrangement attifée que vous ? Vêtue d'un manteau jaune *terni presque gris* ?

Et Nestor d'opiner à son tour.

— Vous l'avez manquée de peu. Elle a débarqué chez nous sur la foi de renseignements glanés dans un manuel d'imprimerie. C'est du moins ce qu'elle nous a dit. Elle était pourchassée par des effaceurs, autrement plus redoutables que les nôtres. Impossible, après leur passage, de réparer les dégâts. Elle avait terriblement peur de disparaître corps et âme ! Sans qu'on puisse jamais identifier où ni comment. Elle avait décidé de remonter le temps. De changer de siècle et de support. Elle voulait redevenir l'être de papier qu'étaient tous les personnages avant l'ère numérique ! Une créature indélébile, incrustée dans un incunable...

— Elle espérait que nous pourrions l'aider, déclara la femme de dos.

— Elle avait découvert, reprit la fillette, que nous restaurions les rez-de-chaussée. À l'Agence qui l'avait accueillie, après sa première fugue, on savait faire quelque chose d'approchant. Mais sa patronne n'avait pas pris la mesure du danger qui la guettait ; elle se laissait constamment embarquer dans de nouvelles histoires. Thérèse lui était infiniment reconnaissante de tout ce qu'elle, les filles en jaune et toute l'équipe ! avaient tenté pour la sauver mais il était grand temps qu'elle prenne en main son destin.

— Épouvantées par ce tableau de l'avenir de la profession, nous lui avons enseigné des rudiments de correction.

— Avec une pareille arme, vous serez toujours en mesure d'assurer votre propre sécurité.

Les typographètes remirent à Nestor une copie du précieux document :

Et poursuivirent leur récit :

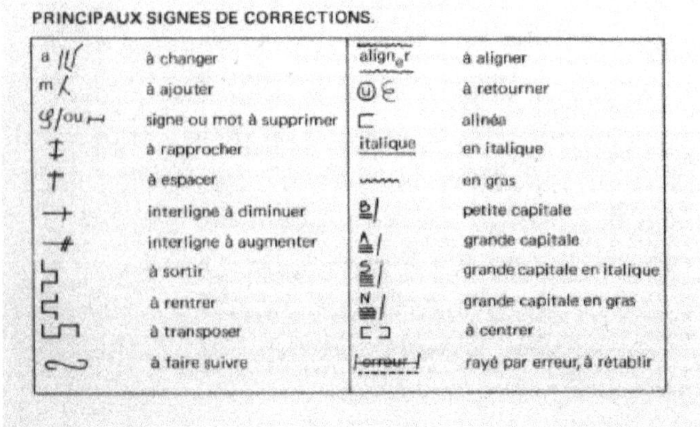
PRINCIPAUX SIGNES DE CORRECTIONS.

a	à changer	align_er	à aligner
m	à ajouter		à retourner
/ou	signe ou mot à supprimer		alinéa
	à rapprocher	italique	en italique
	à espacer		en gras
	interligne à diminuer		petite capitale
	interligne à augmenter		grande capitale
	à sortir		grande capitale en italique
	à rentrer		grande capitale en gras
	à transposer		à centrer
	à faire suivre	erreur	rayé par erreur, à rétablir

— Avec ça, soyez tranquille, rien ne pourra plus vous effacer d'aucune épreuve. Nul besoin de remonter plus loin dans le temps…

Thérèse avait promis de suivre leurs recommandations à la lettre. Nous lui avions sauvé la vie !

Comme elle se trompait, hélas !

Je remerciais les typographètes qui s'étaient remises au travail.

Après avoir rendu compte de ce qui précède, Nestor déclara qu'il fallait réorienter l'enquête. Recenser les manuels que Thérèse fréquentait peut-être encore. Distribuer le code à toute l'équipe avant de partir en opération chez les éditeurs et les imprimeurs.

Je n'étais pas d'accord. La piste stendhalienne me semblait toujours d'actualité. Ne pas avoir retrouvé Thérèse ne signifiait pas qu'elle l'avait abandonnée. Elle avait même eu largement le temps d'atteindre *Armance*, son tout premier roman. Elle ne pouvait manquer d'en détester le dénouement ! Pourquoi aurait-elle renoncé à le rectifier, alors qu'elle était désormais équipée comme le Petit Poucet ? « La difficulté, dis-je pour conclure, c'est que les portails numériques ne nous sont plus d'aucune utilité. Il va nous falloir procéder autrement. »

Par quel miracle, Anne eut-elle accès aux épreuves ? Elle avait très certainement anticipé le tournant génétique qui n'allait cesser de s'accélérer chez les scientifiques de la littérature.

Nestor s'enferma avec elle pour le plus grand déplaisir d'Hélène.

« Décidément, il ne changera jamais – maugréa-t-elle – il se comporte ici exactement comme chez lui ! Je lui apporte une affaire taillée sur mesure et le voilà qui me plante pour une autre ! »

Elle ruminait toujours, quand l'improbable couple ouvrit la porte du bureau.

Les aventures de Thérèse en free-lance

« Vous aviez raison, me lança Nestor sur le seuil. Nous l'avons retrouvée dans *Armance* !

De ℊ/ en ℓ ce fut un jeu d'enfant de remonter jusqu'à elle.

Thérèse a parsemé sa route de cailloutis, Stendhal n'aurait pu rêver mieux ! À notre grand surprise, nous avons découvert que ce n'était pas Armance mais bien Octave, son amant, qui l'a stoppée net ! A-t-elle été conquise par cet *être mélancolique, privé de tout désir* depuis son plus jeune âge ? Elle l'a considéré longuement, suivi plus ou moins discrètement, soulignant ici, ajoutant là un mot ou une phrase, prenant soin de lui plus encore que ne l'a fait son auteur.

— Elle a aussi truffé le roman de réminiscences de *La Petite Bijou*, dit Anne. Il n'y a aucun doute, elle s'est reconnu en Octave et tout entière projetée en lui. Le roman l'a brutalement ramenée en arrière, à l'époque où elle manquait elle-même d'appétence vitale.

PETIT LEXIQUE :
APPETENCE
Argot de bureau
Assez inattendu dans la bouche de ma première lectrice

— Elle n'a cependant jamais raturé son histoire, dit Nestor. Je l'ai vue au contraire s'accrocher aux pas des amants. Suivre la lente prise de conscience d'Octave réalisant tout doucettement qu'il aime Armance. Lire heureuse la description du bonheur d'Armance. Tout au plus s'est-elle contentée d'ajouter du gras dans le texte ici

ou des petites capitales  dans le texte là. »

Quel soulagement ! Nous ne pipions mot, attendant, curieuses, le dénouement de l'épisode.

« Armance, reprend Nestor, se persuade qu'elle sauvera Octave de cette inappétence dont elle ignore la cause. Il se laisse gagner par sa tranquille confiance. Le mariage est annoncé... Thérèse se tient silencieuse dans la marge. On vole apparemment tout droit vers le happy end. Thérèse ne bouge pas. Son manteau jaune virevolte de temps en temps entre les lignes, elle surfe, ravie, sur le romanesque qui sourd de la plume du tout jeune Stendhal. Les amants communiquent par lettres qu'ils cachent dans le jardin. Légère, Thérèse file entre les pages, sans jamais regarder derrière elle. Personne ne l'a suivie jusqu'ici. Quelle délivrance !

Mais qui dit cachette,
dit intrus,
voyeur,
voleur peut-être !

Un oncle d'Octave, sans autre fortune que celle de son neveu, avec laquelle il rêve de devenir spéculateur, décide de faire capoter le mariage ! Sans quoi, adieu veau, vache, cochon... Je me serai volontiers occupé moi-même d'un pareil maroufle !, souffla Nestor.

L'oncle entreprend de faire fabriquer une lettre d'Armance, destinée à quelque amie véritable de notre héroïne ! Un faux grossier ! Elle y avoue qu'elle n'aime plus Octave et ne l'épouse que par devoir. Anne et moi regardons Thérèse sans comprendre. Elle ne réagit pas ! N'esquisse pas la moindre rature ! Ne touche ni ne retouche rien. Et pourtant, quelle invraisemblance ! Comment Octave, à qui parvient évidemment la lettre, a-t-il pu se laisser si facilement berner ? Si Anne n'avait pas été là, je crois que je me serais occupé de ce jeunot livré à lui-même, sans personne pour le chaperonner ! Il la connaît pourtant bien son Armance ! Depuis l'enfance ! Ne sont-ils pas cousins ?

Ne vous inquiétez pas, me disait Anne, ce n'est qu'un fake. Il y en a plein dans la littérature du XIXe. Aucun lecteur ne s'y trompe.

Mais Octave, si. Il se fait piéger comme un benêt ! J'aurais adoré démontrer l'inauthenticité du document, mais j'avais bien compris que personne ne me laisserait faire... Et puis je l'aime bien, Thérèse, nous étions là pour la retrouver, pas pour contrarier des projets que nous avions bien du mal à pénétrer. »

Après un instant de silence, Nestor reprit son récit :

« Nous ignorions alors que Thérèse avait deviné **l'inaptitude primordiale au bonheur** que cachait la fausse crédulité d'Octave. Stendhal n'écrit jamais la chose noir sur blanc. L'eût-elle voulu, Thérèse n'aurait pu trouver la moindre petite phrase à raturer.

Elle n'eut d'autre choix que de tout laisser se dérouler comme prévu. Elle avait d'ailleurs à son actif une première tentative ratée : c'est ce qu'elle nous expliqua quand nous l'eûmes rejointe. Une autre histoire d'amour impossible. [Bérénice hocha la tête]. « Ces dénouements-là sont trop bien ficelés. Préparés depuis l'incipit. Impossibles à détricoter. On apprend de ses erreurs, avait-elle conclu. »

Devant mon scepticisme, poursuivit Nestor, Thérèse nous mena dans une annexe du roman. Et nous montra une lettre de Stendhal qui perçait, pour Mérimée, le sombre mystère de son héros : *Il y a plus d'impuissants qu'on ne croit.* Thérèse avait apprécié que le roman, moins indiscret que son auteur, préserve *le pauvre et précieux secret* d'Octave.

Elle avait choisi d'en faire de même. »

— À moins que Stendhal ne calât devant les réalités du sexe, dit Emma.

— Je ne vois pas le rapport, dit la Sanseverina.

— Octave était peut-être homosexuel.

— D'aucuns au XXe siècle le penseront, confirma Bérénice. Mais Thérèse n'en sait rien et comme elle n'est ni Lamiel ni Emma, il n'y a pas lieu d'imaginer qu'elle envisage pour Octave un *coming out.* Elle le laisse se taire jusqu'à ce que mort s'en suive. C'est bien ce que vous avez découvert, n'est-ce pas ?

— Absolument, dit Nestor ! Thérèse laisse Octave épouser Armance et se suicider *in fine.* Ayant écrit deux lettres qui expliquent son geste. SINON AU LECTEUR, du moins à sa mère et à sa toute

— Encore une lettre dérobée, s'écria Leïla.
- Et si nous en fabriquions un recueil, dit Lola.
- On l'intitulerait « Lettres dérobées à l'attention du lecteur », proposa Ludmila.
C'est ainsi que des figures à peine esquissées devinrent les très discrètes épistolières d'un invisible recueil tout entier composé à l'encre sympathique.

jeune épouse qui se retirent, désespérées, dans le même couvent.

C'est à ce moment-là, en véritable *deus machina,* que Thérèse intervint, poursuivit Nestor. Elle ratura les conséquences funestes desdites lettres et emmena les deux femmes se régénérer dans le service des Grands Prémas, à la toute fin de son propre roman.

Et voici comment, conclut le brillant détective, *La Petite Bijou* reprit du service. Sinon le roman, du moins sa dernière page, dans laquelle Thérèse fait plonger toutes les héroïnes mortes ou abandonnées qu'elle prélève désormais dans les romans du XIXe siècle.

— Elle a décidé de s'y établir, annonça Anne.

— Vous ne lui avez-vous pas dit que sa sécurité serait dorénavant ma seule priorité ?

Anne hocha tristement la tête. Visiblement Thérèse avait trouvé son bonheur dans les marges d'exemplaires papier qu'elle renvoyait dûment corrigés aux imprimeurs médusés. Pas un livre où elle était passée qui ne redevint un incroyable jeu d'épreuves. Elle me faisait dire qu'elle remplissait ainsi une mission proche de celle que j'avais naguère imaginée pour elle. Elle allait changer la face de l'histoire. Lui imprimer un nouveau cours. J'avais été son inspiratrice, elle m'espérait fière et heureuse.

Fière oui, mais nullement heureuse. Je ressentais cruellement la désertion de Thérèse. Je comprenais l'excitation que lui procurait sa nouvelle activité. La crainte qui s'emparait d'elle à l'approche de la fin. Je la voyais surgir incognito pour s'emparer des héroïnes qu'elle voulait sauver. Je l'imaginais un instant délaisser le roman pour les livrets d'Opéra, elle ne risquait pas le chômage ! Il y meurt plus d'héroïnes encore. Mais j'avais beau faire, je me sentais abandonnée. Et c'est bien tristement que je remerciais Nestor Burma pour cette enquête expéditive. Il me promit de garder un œil sur les forbans. En attendant il allait dire deux mots au gonze qui compliquait la tâche des typographètes.

6

Si mes personnages disparaissaient, il ne me restait qu'à fermer l'Agence.

C'était compter sans la Sanseverina, ennemie déclarée de toute mélancolie :

— Je n'ai pas fait un si long voyage pour vous voir plier bagage.

— D'ailleurs Lamiel nous attend, dit Lola.

— Ou plutôt, elle attend celle avec qui finir son roman, précisa Leila.

— Il nous faut créer une nouvelle héroïne stendhalienne, poursuivit Ludmilla.

— Quelle autrice mettre sur le coup ? tenta Eva qui pensait à Louise.

Mais tous les visages (sauf le sien) se tournèrent vers une Emma qui se sentit rougir de plaisir. Elle dénoua ses bandeaux noirs qui *allaient se confondre par derrière en un chignon abondant* et laissa librement retomber sa longue chevelure. Ses pommettes étaient roses. *Elle changea de robe, de chapeau, de châle* et ainsi rajeunie s'élança vers Lamiel par une fenêtre qu'Anne venait d'ouvrir pour elle. Elle la rejoignit à l'Opéra où la menait pour la première (et dernière) fois un certain comte de Nerwinde. C'est avec lui que Lamiel faisait, non sans plaisir, *lit à part*. Ce ne serait plus même nécessaire.

Sous nos yeux ravis, *Lamiel* s'orientait vers une tout autre fin qu'Anne ne tarderait pas à transférer dans le cabinet noir des éditions pirates. Notre enfer secret s'était bien étoffé, au fil de nos aventures. À peine achevé, le volume des lettres dérobées, imaginé par les 3L, y avait trouvé sa place.

Nous vîmes tour à tour disparaître le frénétique Valbayre, *voleur énergique*, se dégonfler bosse et prétentions du Dr Sansfin. Les jeunes filles en jaune applaudissaient. Bérénice souriait. « Stendhal aussi, j'en suis sûre », murmura la Sanseverina. Une vie de plaisirs et de dissipations attendait les deux héroïnes. Emma tenait sa revanche. De quoi contrarier Flaubert, s'il lisait encore d'outre-tombe et venger Louise, sortie du Cénacle où elle tâchait d'oublier l'échec à ce jour de la mission Palla.

Profitant du bonheur général, je m'esquivais à la recherche des forbans. Pas question de laisser Nestor se lancer seul à leur poursuite. Tant que l'affaire ne serait pas résolue, je continuerais de trembler pour Thérèse. Elle n'était pas revenue à l'Agence et nous avions de nouveau perdu sa trace. J'avais informé Anne de mon intention, mais personne d'autre à l'Agence, craignant un refus catégorique de la Sanseverina, voire du reste de l'équipe.

Je ne sus rien du cataclysme qui secoua mon bureau, en mon absence…

Qui donc l'avait prévenu de la fuite d'Emma Bovary dans un roman du sieur Henri Beyle ? Y avait-il une taupe rue Lalande ? Nous ne le découvrîmes jamais.

Il fit irruption à l'Agence dont la Sanseverina avait pris sans rechigner la direction quand Anne révéla mon départ pour une destination inconnue.

Il fut conduit en salle d'attente. La duchesse avait choisi de lui imposer le *petit quart d'heure* qu'un autre, bien imprudemment, lui avait imposé. Elle comptait rejouer la scène de *La Chartreuse* avec un adversaire plus digne d'elle ! Un vrai tigre, ce Flaubert, si elle en croyait Louise Colet. Pas un serpent, à la façon d'Ernest IV, le roitelet.

*

La Sanseverina avait fait la connaissance de Louise dans la zone de libre échange où celle-ci se morfondait, tenant salon sans grande conviction, entre deux séances d'un Cénacle qui manquait de cœur à l'ouvrage. Ferrante Palla était annoncé mais il tardait à arriver ! En attendant, Louise lisait ses poèmes, écoutaient ceux des autres. Ensemble, tou.te.s se commentaient, se corrigeaient, s'annotaient. Les autrices en herbe étaient chaque jour plus nombreuses.

Louise, qui avait adopté les mœurs de notre temps, décida d'ouvrir pour elles un atelier d'écriture. Elle y enseignait la justesse, se souvenant des leçons de Gustave, au temps de sa *Paysanne*. L'enivrement ne hausse pas, lui avait-il écrit trouvant l'image mauvaise, *il gonfle, détend, amollit, fait tomber, l'idée d'enivrement va de droite et de gauche, et non de bas en haut.* Elle tâchait d'inculquer la même rigueur à celles qui lui soumettaient leurs brouillons mais l'écoutaient, il faut bien le dire, avec un rien de mauvaise grâce.

Son romantisme un peu tardif avait au contraire conquis la duchesse qui aimait l'entendre réciter ses vers. Convaincue par quelques philanthropes de son temps que la prison sauve ceux qu'elle feint de ne pas enfermer, Louise avait écrit un poème à la gloire de la colonie pénitentiaire de la Mettraie. Cela lui avait valu le prix de l'Académie française. La Sanseverina s'était étonnée. Célébrer une prison ? Rien à voir avec la Tour Farnèse, avait expliqué Louise qui savait bien que Fabrice avait, par deux fois, failli y mourir ! Pas plus, ajouta-t-elle pour Hélène, qu'avec la Petite Roquette que fréquenta votre Burma. C'est une utopie, la Mettraie, avait dit Louise :

Qu'en aurait pensé Thérèse ?

Où vont-ils, où vont-ils à travers la Touraine,
Ces jeunes prisonniers qu'aucun lien n'enchaîne,
Ils courent étonnés sous les ombrages verts,
Des lèpres des cités ils arrivent couverts,
Mais le contact heureux et sain de la nature
Fond l'endurcissement, lave la flétrissure,
Leur sang est apaisé, leur cœur s'épanouit,
Ils revivent... un jour nouveau les éblouit.

La Sanseverina ne croyait pas que la prison régénère, elle n'avait pas cette naïveté mais elle était étrangement devenue sensible à la question de la privation de liberté, en milieu ouvert comme en milieu fermé. Elle avait appris, qu'après sa mort, Mosca, fine mouche ou fin politicien, avait vidé les prisons de Parme. Est-ce cela qui l'avait touchée quand elle avait écouté les vers de Louise ?

Elle appréciait en connaisseuse l'obstination de Louise, cet entêtement à célébrer les femmes, toutes les femmes. Elle avait même écouté cette *ouvrière* dont Louise faisait entendre la triste voix dans l'autre poème qu'elle récita ce jour-là.

Titre du recueil :
Ce qui est dans le cœur des femmes

[de quoi faire chavirer celui des jeunes filles en jaune, sinon celui de la Duchesse] :

Mon mur est si nu, si triste, si sombre,
Que parfois, mon Dieu, je bénis mon ombre
De s'y dessiner ainsi qu'un ami !...

Travailler, travailler, travailler toujours,
De l'aube au déclin de nos tristes jours !

Louise avait enchainé avec sa biographie de Madame du Châtelet qui avait si puissamment contribué à son élection du Cénacle : *Il y a presque toujours dans la vie des grands hommes une attrayante figure de femme dont les biographes attachés à la principale figure dédaignent de s'occuper, ou qu'ils ne nous rendent qu'imparfaitement...*

— Mosca aurait moins de consistance sans moi, avait rêveusement commenté la Sanseverina.

Pendant ce temps-là...

Le tigre patientait dans la salle d'attente... *Aurélien* y trainait encore quand Flaubert s'en saisit. « Voilà donc ce que la postérité a fait de mon *Éducation sentimentale*... Il n'est pas mal cet Aurélien en avatar de Frédéric mais Bérénice, non ! » Gustave lisait vite, il en était déjà à l'épilogue. *Le cœur battait à Aurélien. Un mélange furieux de sentiments. L'horreur de se sentir jugé, la certitude d'avoir raison, la colère aussi de retrouver, au lieu de la jeune femme de sa mémoire, cette raisonneuse ! Je déteste les raisonneuses...* » Flaubert aussi, à coup sûr. Pas question de laisser Bérénice gagner l'estime du lecteur, en plaidant je ne sais quelle résistance ! Il allait corriger l'épilogue – couper, raturer, retrancher comme il savait si bien le faire – quand il aperçut deux exemplaires non rectifiés : *Emma* et *l'Éducation sentimentale.*

La colère qui l'avait transporté jusqu'ici se ranima. Qui avait osé changer le titre de sa *Bovary* ? Il s'aperçut immédiatement qu'on avait touché à sa prose, raccourci l'épisode du bal à la Vaubyessard ! Sa voix puissante retentit dans toute l'Agence. « Que la prose soit une *chienne de chose* ! Qu'on n'en ait jamais *fini* avec elle, qu'il y ait *toujours* à refaire, je n'ai cessé de le proclamer ! Mais qui s'est ICI arrogé le droit de me corriger ? Est-ce toi, Louise ? », gueula-t-il, persuadé qu'elle trainait, elle aussi, en ces lieux mystérieux.

Il arpentait sans le savoir le cabinet noir des éditions pirates qui n'avait cessé de s'enrichir des ouvrages malmenés par nos soins comme de ceux composés par les filles en jaune. On y trouvait aussi le *Bouvard et Pécuchet* qu'Anne avait fini de compléter.

« As-tu osé toucher à ma Bovary ? »

Louise s'entendit interpellée mais n'étant ni Marie Arnoux ni même Bérénice, elle n'avait nulle envie d'une dernière entrevue. L'abîme entre eux étant ce qu'il était, inutile d'épiloguer !

*

Alors Flaubert se mit à hurler les phrases manquantes, comme si la puissance de sa voix avait le pouvoir de les réimprimer sur la page. Et de fait, le miracle se produisit.

Il commença par le dîner qui précède le bal. Quelqu'un, pour d'obscures raisons, avait coupé l'entrée en scène d'Emma. Il la rétablit.

> *Emma se sentit, en entrant, enveloppée par un air chaud, mélange du parfum des fleurs et du beau linge, du fumet des viandes et de l'odeur des truffes.*

Il lui sembla au fil des pages qu'on avait voulu atténuer l'éblouissement de sa petite femme. On n'avait en effet rien ôté de la description de la table dont il était fier :

> *Les bougies des candélabres allongeaient des flammes sur les cloches d'argent ; les cristaux à facettes, couverts d'une buée mate, se renvoyaient des rayons pâles, des bouquets étaient en lignette sur la longueur de la table, et, dans les assiettes à*

> *large bordure, les serviettes, arrangées en manière de bonnet d'évêque, tenaient entre le bâillement de leurs deux plis chacune un petit pain de forme ovale.*

Mais supprimé le menu qu'il recomposera illico :

> *Les pattes rouges des homards dépassaient des plats ; de gros fruits dans des corbeilles à jour s'étageaient sur la mousse ; les cailles avaient leurs plumes, des fumées montaient* [...].
> *On versa du vin de Champagne à la glace. Emma frissonna de toute sa peau en sentant ce froid dans sa bouche. Elle n'avait jamais vu de grenades ni mangé d'ananas. Le sucre en poudre même lui parut plus blanc et plus fin qu'ailleurs.*

Les ratures suivantes le laissèrent perplexe. – Thérèse malgré ses dénégations en étaient-elle l'auteure ? – Charles était comme frappé de cécité. *Il la voyait par derrière, dans la glace, entre deux flambeaux* – rétablit Gustave. Le portrait d'Emma s'imprima derechef sur la page :

> *Ses yeux noirs semblaient plus noirs. Ses bandeaux, doucement bombés vers les oreilles, luisaient d'un éclat bleu ; une rose à son chignon tremblait sur une tige mobile, avec des gouttes d'eau factices au bout de ses feuilles. Elle avait une robe de safran pâle, relevée par trois bouquets de roses pompon mêlées de verdure.*

Ailleurs on avait trafiqué sa prose jusqu'à faire d'Emma une héroïne proustienne :

> *Elle mangeait alors une glace au marasquin, qu'elle tenait de la main gauche dans une coquille de vermeil, et fermait à demi les yeux, la cuiller entre les deux. Alors le souvenir des Bertaux lui arriva. Elle revit la ferme* [...] *et elle se revit elle-même, comme autrefois, écrémant avec son doigt les terrines de lait dans la laiterie.*

Louise ne pouvait être l'auteur d'un tel pastiche ! Flaubert savait que Proust lui avait succédé dans l'histoire du roman et qu'il avait admiré son travail. S'agissait-il d'un hommage dissimulé dans sa prose ? Gustave n'admettait pas de passer falsifié à la postérité ! D'un souffle, il rétablit le bal dans son intégrité. Il allait ouvrir *L'Éducation sentimentale* lorsqu'on le fit entrer dans le bureau où trônait la Sanseverina.

*

La duchesse debout, les bras croisés et serrés sur la poitrine, le regardait avec une impertinence admirable. Gustave la reconnut aussitôt.

— Est-ce vous, Madame, qui avez procédé aux corrections de ma prose ? Je vous en conteste absolument le droit ! J'ai retranché tout ce qu'il y avait à retrancher. Des dizaines, des centaines de pages ! Je refuse catégoriquement qu'on mutile ma Bovary ! *Le génie, c'est Dieu qui le donne. Mais le talent nous regarde.* [...] *La correction (je l'entends dans le plus haut sens du mot) fait à la pensée ce que l'eau du Styx faisait au corps d'Achille. Elle la rend invulnérable, et indestructible.* »

— Nul n'est intouchable dans le siècle où nous sommes.

— Fouillez-vous aussi les brouillons ?

— Il y a ici de charmantes demoiselles qui s'en chargent. L'une d'elles a d'ailleurs exhumé l'œuvre de Louise Colet qui a retenu notre attention. Vous aviez aimé sa *Paysanne*, vous souvenez-vous ? Nous sauvons d'elle bien d'autres choses encore. Il y a dans ses romans l'esquisse d'un genre dont, vous et moi, n'avions aucune idée. On le nomme, m'a-t-on dit, autofiction. Louise en est l'une des inventeures. Il faut lui en rendre la maternité relative.

— Et je prétends moi que l'arrière-boutique doit rester dans l'arrière-boutique ! Et le personnel à la porte. Qui a besoin de la *Vie d'Henry Brulard* pour lire *La Chartreuse de Parme* ?

— Les lecteurs des deux siècles qui suivent le nôtre. D'ailleurs, mon cher, on lit aussi de vous tout ce qu'on trouve. À commencer par votre correspondance. Croyez-vous que vos lettres à Louise n'aient pas changé la lecture de votre *Bovary* ?

— Et vous trouvez que c'est un « progrès » ?

Flaubert ne prononçait jamais ce mot sans un rictus de dégoût. La révolution industrielle ne l'avait certes jamais fait rêver. Il se souvint de ce qu'il en avait écrit à Louise ....

> *À propos de l'industrie, as-tu réfléchi quelquefois à la quantité de professions bêtes qu'elle engendre et à la masse de stupidité qui, à la longue, doit en provenir ? Ce serait une effrayante statistique à faire !* [...] *Le travail se subdivisant, il se fait donc, à côté des machines, quantité d'hommes-machines. Quelle fonction que celle* [...] *de metteur en bande dans une imprimerie ! etc., etc. Oui, l'humanité tourne au bête.*

… Mais il savait d'instinct que cette conversation ne les mènerait nulle part. C'est avec son auteur qu'il aurait voulu batailler, pas avec elle !

— Je veux garder la haute main sur mes brouillons, mes avant-textes, appelez-les comme vous voulez. Je ne veux pas de ces éditions, qui se font un malin plaisir d'ajouter du texte au texte. Je n'ai pas la religion des manuscrits, encore moins celle de corrections qui ne regardent pas les curieux.

— Il fallait les détruire, mon cher. Et pas seulement les lettres de vos ex.

« Quant à Emma, j'irai la chercher moi-même ! », explosa Flaubert qui quitta les lieux en claquant la porte. Anne l'en empêcherait bien sûr. Il ne pouvait le deviner.

De fait, à l'Agence, personne n'entendit plus parler de lui.

Grianta.

Quelque part dans le Nord de l'Afrique. Possiblement au Maroc.

C'est là que je débarquais tandis que la Sanseverina mettait Flaubert sur le grill. Perec m'y avait mené tout droit. De son vivant, il n'avait jamais eu besoin de mes services, mais je savais qu'a contrario je pouvais compter sur lui. Avant de quitter l'Agence, j'avais glissé dans mes bagages « 53 *Jours* », le roman inachevé que ses amis avaient recomposé et publié après sa mort. Le roi de l'encodage, en héritier surdoué de Stendhal, y avait résolu brillamment la plus confuse des énigmes politico-policières. Je comptais marcher sur ses traces. Durant mon vol, j'avais parcouru la partie rédigée du volume. L'un de ses personnages, une dénommée Lise Carpenter, avait particulièrement retenu mon attention.

À mon arrivée, le couvre-feu était décrété. *L'armée et la police continuaient de quadriller la ville.* J'y avais pénétré de nuit, sans attirer l'attention. Nestor m'avait dégotté l'adresse de ladite Lise

38, avenue des Glycines,
la Crique,
Grianta

Une véritable dactylo à gage ! Si quelqu'un pouvait éliminer Thérèse, c'était bien elle ! Elle avait à son actif nombre de manuscrits retouchés. Elle pouvait, d'une *frappe impeccable*, faire disparaître *ratures, ajouts, flèches, marginalia, incises, étoiles et interlignes* et avec eux esquisses et repentirs ! De quoi ravir Flaubert et consterner Stendhal ! Elle aurait définitivement supprimé Lamiel si on s'était adressé à elle pour une ultime édition.

Encore lui fallait-il attirer Thérèse. Qui me parut soudain infiniment vulnérable. Comme au tout début de notre histoire. Son établissement dans le XIXe siècle lui avait procuré une visibilité dont elle n'avait pas conscience. Pas un écrivain qui n'y retourne régulièrement. Elle constituait, pour qui lui en voulait, la cible idéale. Et ce n'est pas le pauvre code des typographètes qui lui fournirait une protection suffisante. Je ne doutais pas que la sérial dactylo changeât de mode opératoire à chaque nouvelle intervention. Qu'inventerait-elle cette fois ? Un procédé plus radical que tous les autres pour éliminer les marges, de gauche comme de droite, infra comme supra-paginales ? Enfermer Thérèse dans le corps du texte, c'était à coup sûr la condamner à l'asphyxie.

Tandis que j'arpentais la ville sous couvre-feu, je cherchais à deviner les dessous de l'affaire. Comment devient-on dactylo à gage ? Son *pedigree*, pour le moins lacunaire, mentionnait nombre de diplômes. Elle avait intégré toutes les Grandes Écoles de Secrétariat. D'où sa force de frappe imparable. Mais ne semblait travailler pour aucune organisation clandestine. Pas le moindre pirate en vue. Aucune mention non plus d'éventuelles activités dans le dark. Anne avait vérifié et m'avait envoyé un rapport *crypté* par une messagerie sophistiquée à laquelle je m'étais abonnée pendant mon transport jusqu'ici. Qui veut décrypter décrypte et qui veut piller pille mais comment ne pas nous entourer du maximum de précautions ? Ce fut d'ailleurs parfaitement inutile. Ledit rapport ne m'apprenait rien – preuve (s'il en fallait) que ma première lectrice n'était pas plus une véritable hackeuse que Gallica un territoire de l'ombre...

J'ignorais combien de manuscrits épurés Lise Carpenter avait à son actif. Pour quel genre de clients travaillait-elle ? Quel mobile l'animait ? L'unique passion de son métier ? *C'est en tournant et en retournant dans ma tête cette question obsédante que je crus avoir trouvé une piste. Et cette piste me fit peur.*

Impossible de la remonter seule. Chaque jour un vol direct décollait de Paris-Charles de Gaulle. Destination Grianta.

Nestor me rejoignit l'après-midi même, à la cafétéria de l'aéroport. Un étrange silence baignait la salle à peu près vide. Avec nos verres de *grappa*, nous avions l'air de vieux touristes désorientés. Quand le garçon se fut éloigné, je lui révélais *l'horrible soupçon* qui s'était emparé de moi. J'avais repassé dans ma tête tout ce que je savais de Thérèse depuis son départ et je croyais deviner l'identité de celui qui avait engagé Lise. Lui seul pouvait inventer le stratagème qui mènerait Thérèse jusqu'ici ! Petit bonhomme tout en jaune et forbans n'avaient été que de fausses pistes, fis-je pour conclure. Je me suis fait balader !

Nestor fit le brave. Mais *je crois que ça lui a fait peur, comme à moi.*

— je ne l'aurais jamais imaginé en adversaire aussi redoutable que retors. Il ne lâchera jamais l'affaire.

— on l'y contraindra, dit Nestor. Mais vous ne disposez pour l'instant que d'horribles hypothèses. Il nous faut des preuves. Je me charge de la dactylo pendant que vous fouillerez son bureau. Tâchez de trouver un brouillon, quelque chose de compromettant, un jeu d'épreuves corrigées de *sa* main à *lui*. Un indice au moins qui étaye votre théorie.

Nestor avait vu le portrait de Lise Carpenter, *une jeune fille frêle, aux cheveux très noirs, aux yeux en amande, aux pommettes hautes et saillantes.* « Je vais lui proposer un contrat auquel elle ne résistera guère. Et lui décrire en détail, minutieusement, coupure par coupure, un projet de digest, pour lecteur fatigué, des *Nouveaux Mystères de Paris*. Cela vous laissera largement le temps de passer les lieux au peigne fin. »

La répartition des rôles n'avait rien pour me surprendre. Je m'exécutais de bonne grâce, non sans une pensée pour Hélène.

*

Et je me mis en route dans Grianta déserte.

*

L'avenue des Glycines, que je pus trouver sans difficultés, était une voie privée bordée, comme son nom ne l'indiquait pas, de magnolias, avec des bungalows de style néo-colonial perdus dans les bougainvilliers et les hibiscus. Au milieu de ces demeures un peu tape-à-l'œil, le n°38 détonnait par sa simplicité : c'était un minuscule pavillon à un étage, une vraie maison de poupée.

*

Lise avait rejoint Nestor, *à peine le combiné reposé sur son socle*. Elle avait oublié de verrouiller sa porte. La chance était avec moi, je n'aurais pas de serrure à forcer ! Saurais-je procéder à une perquisition en règle ? Nestor m'en avait brièvement indiqué la méthode : procéder pièce par pièce, de préférence à la manière du cavalier sur l'échiquier, user de gants et de rigueur. Et surtout, surtout ! tout remettre à sa place avant de vider les lieux.

Au premier étage, les murs étaient tapissés de panneaux qui formaient une série de diptyques tous composés de la même manière : sur ceux de gauche, s'étalaient des pages de manuscrits à demi-brûlés, rédigés d'une écriture chaque fois différente, ne comportant ni titre ni nom d'auteur ; à droite, figuraient les tapuscrits correspondants, on voyait nettement qu'ils étaient issus d'une même machine, frappés des deux mêmes mains, sans la moindre hésitation. La machine elle-même, une Remington assurément, ne laissait sur la page aucun signe particulier. À chaque regard que je portais sur elles, les pages de gauche se consumaient davantage ! Fallait-il y voir une mise en abyme du travail de Lise ? Une performance qui prenait le spectateur en otage ? C'était en tout cas un merveilleux système d'alarme ! De quoi faire fuir les visiteurs un peu curieux ! Je baissais vivement les yeux, ouvris tiroirs, dossiers, chemises, armoire sans rien trouver qui vienne confirmer mon hypothèse, rien non plus qui me mette sur la piste d'éventuels ravisseurs.

Découragée, j'allais sortir, quand j'aperçus, bien en vue sur une étagère, précisément le manuscrit de « *53 Jours* » ! Vite, je vérifiais, tournais les pages, compulsais les dossiers : rien n'avait changé, le manuscrit correspondait parfaitement au volume que j'avais emporté dans l'avion ! Tout y était, crypté et annoté de la main même de Perec! Lise n'avait touché à rien. Je contemplais les listes.... De mots, de chiffres... Dont certains soulignés... Les schémas, les formules. Les anagrammes. Des énigmes à foison. Le piège était là ! La tentation suprême ! Thérèse avait pris goût aux codes, comment pourrait-elle résister à l'appel du mystère ?

J'imaginais la scène dans toute sa brutalité : Thérèse sortait de la salle des Grands Prémas, elle y avait déposé quelque héroïne à revigorer, elle cherchait du regard le prochain livre, la prochaine victime dont elle s'emparerait aux mêmes fins. Je la vis s'approcher sans méfiance aucune d'un manuscrit égaré parmi les romans du XIXe siècle qui constituaient son territoire.

Lise à l'affût se ferait fort de la capturer dès qu'elle franchirait le seuil. C'était elle évidemment qui avait déposé le manuscrit bien en vue sur l'étagère. À peine ouvert, la Carpenter taperait à la vitesse de l'éclair, décryptant, résolvant tout sur son passage. Pas une liste ne survivrait. Pas la moindre abréviation. Il n'y aurait plus matière pour un volume testamentaire ! Thérèse n'était pas de taille à rivaliser ! Elle disparaitrait sous une avalanche de caractères et avec elle toute tentative d'en finir avec le malheur commun. C'en serait fini des ratures comme de la prolifération des happy end. Lise ne lui laisserait aucune chance, pas un blanc où reprendre son souffle. Pas un repentir pour lui indiquer la sortie. Les portes se refermeraient irrémédiablement sur elle, prisonnière à perpétuité d'un livre qui n'était pas le sien.

*

Je m'emparais du manuscrit et courus retrouver Nestor. Nous avions rendez-vous chez un certain Gino dont Georges Perec, dans son Guide de Grianta, disait le plus grand bien. J'arrivais bien avant lui. Pour apaiser mon anxiété, je me laissais aller à la dégustation d'un *suave mélange de quatre pâtes, cuites à part, mais servies ensemble avec des civelles et du corail de Saint-Jacques ; des fettucine à la Sorenza, et sa dernière invention, des scaglioni « Bentivoglio », cuites à la vapeur d'algues (des contarines, une espèce locale, à la saveur de truffe, dont tous les Griantais* – me dit Gino qui me tint gentiment compagnie pendant le repas – *raffolent*).

Enfin Nestor parut, Lise à son bras ! Ils me rejoignirent, tout sourire, et dégustèrent à leur tour les fameuses pâtes italiennes. « Ma collaboratrice », dit Nestor me désignant d'un signe de tête. La conversation s'anima d'elle-même. Lise parlait de ses goûts : elle aimait les *rom pol*, comme les appelait l'un de ses derniers employeurs, réputé pour transformer les victimes en bourreaux. Et elle adorait ça, la métamorphose des gentils ! Et le vacillement des frontières qui s'en suit ! Pareille profession de foi n'avait rien d'innocent ! Lise me mettait en garde. Comment l'aurais-je compris ? Je n'avais encore lu que la première partie de « *53 Jours* », l'allusion m'échappa.

Traduisez
« romans policiers »

Je décidais d'orienter la conversation vers son CV et ses prodigieuses compétences. Visiblement à Grianta, elle pouvait travailler au grand jour. Lise confirma et se lança dans une récap. complète de ses nombreux succès. Ce que font rarement les criminels dans les rom. pol. véritables. À l'époque où d'autres retouchaient les photographies, supprimant tel ou tel personnage tombé en disgrâce, elle s'était spécialisée dans la révision. Elle remaniait, rectifiait, amendait livres d'histoire et manuels scolaires, selon les exigences de ses différents commanditaires. Faisait disparaitre des théories entières sans laisser la moindre trace. De nos jours, poursuivit-elle, elle aimait pénétrer les disques durs et trafiquer les copies de sauvegarde. Mais qui avait encore besoin d'elle ? Les contrats fondaient à vue d'œil. « Apprendre à coder est à la portée du premier écrivaillon venu. Quelques lignes de plus dans le programme et les errata disparaissent, les repentirs s'anéantissent dans une mémoire plus immaculée que celle d'un nouveau-né. On peut même générer du texte artificiellement ! Le monde des affaires en raffole. Sans parler des politiques qui figurèrent longtemps parmi mes plus gros clients.

Les marges – enchaîna-t-elle – ont perdu leur prestige et leur multidimensionnalité ; elles n'accueillent plus, tristement confinées en bas de page, que de pauvres notes, dûment numérotées et mortellement ennuyeuses ! Je fus le témoin de leur gloire révolue. De leur prolixité anarchique. Mais je fus aussi leur joyeuse fossoyeuse, chargée, par les amoureux du Livre Sorti Tout Armé de la tête de son auteur, de les faire s'abîmer sans retour. J'étais presque arrivée à la page parfaite, toute de texte revêtue, sans entête ni pied de page ! Mais personne n'est preneur, conclut Lise quand elle eut achevé ses *fettucine à la*

Sorenza. J'aurais aimé naître au temps de Flaubert, je suis sûre qu'il aurait apprécié mon art à sa juste valeur et m'aurait rétribué en conséquence. »

Il y avait quelque chose de délirant dans ses propos. Je regardais Burma avec insistance. Pourquoi se taisait-il ? Il fallait, sans éveiller ses soupçons, interroger Lise sur Thérèse. Il évitait consciencieusement mon regard. Avait-il été *retourné* par cette trop jolie fille ? Je cachais mal mon impatience – j'avais hâte d'examiner le manuscrit dérobé que je tenais serré dans mon sac – , mais Nestor n'avait d'yeux que pour Lise.

À la fin du repas, il se mit en tête de la raccompagner. Dix jours plus tôt, *l'état d'urgence avait été proclamé.* La ville n'était pas sûre. Arrestations et fouilles étaient monnaie courante. Je fis contre mauvaise fortune bon cœur et leur emboitais le pas.

Au

38 bis avenue des Glycines

Lise nous proposa de boire un dernier verre.

J'acquiesçais,

malgré lui,

malgré elle.

Je la vis soudain s'arrêter sur le seuil. Flairait-elle quelque chose ? Elle était manifestement sur ses gardes. Puis, d'un haussement d'épaule, elle sembla rejeter toute responsabilité, nous invita à entrer et désigna le canapé qui tournait le dos à la porte. De nouveau elle discourrait jusqu'au vertige, tout en nous servant deux belles rasades de Chartreuse.

*

Lorsque je m'éveillais quelques heures plus tard, PM en personne (j'avais donc bien deviné !) nous regardait avec une étrange bienveillance. Qui nous avait drogués ? Lise ou LUI ? Nous n'étions plus que trois dans la pièce.

PM se tourna vers Nestor : « Vous ne ressemblez guère à mon ami Maigret ni vos enquêtes aux siennes. C'est peut-être que vous ne fréquentez pas les mêmes quartiers. J'aime assez votre *tentative d'épuisement* des arrondissements parisiens. J'ai lu tous vos titres. Il vous en manque peu. Le 19e, le 20e… Voilà une belle marque d'égards pour d'éventuels continuateurs… » PM s'interrompit. Puis semblant passer du coq à l'âne : « Savez-vous que j'ai toujours eu pour GP une profonde admiration ? » Nestor Burma ne comprenait rien à ce préambule qui m'était, de toute évidence, destiné mais j'étais bien incapable d'en deviner l'intention.

ICI, LES CHOSES SE COMPLIQUENT ET LE ROMAN S'EMBALLE…

Georges Perec est bien l'auteur d'une *Tentative d'épuisement d'un lieu parisien* qui n'a guère de rapport avec le choix de Léo Mallet de couvrir l'ensemble des arrondissements.

Un certain arbitraire règne dans la multiplication des références, comme s'il s'agissait de perdre defintivement le lecteur. pour l'empêcher de voler lui aussi au secours de Thérèse ?

Notons toutefois que la scène se joue dans « *53 jours* ». Les citations de ce chapitre et du suivant en sont en conséquence presque toutes tirées.

« Je comprends, poursuivait PM, que vous ayez tenté d'entraîner Lise dans la réédition abrégée de vos *Mystères*. Aviez-vous vraiment deviné le rôle que je lui avais confié ? Sans doute espériez-vous la *retourner* contre moi. Nous ne saurons jamais si vous y seriez parvenu. Elle s'est curieusement éclipsée, sans attendre votre réveil. Lise n'était d'ailleurs qu'une comparse que votre amie l'ôtrice a trop facilement identifiée pour que je puisse encore recourir à ses services. »

Avait-il vraiment fait disparaître sa complice ?? ! ! Une telle cruauté ne lui ressemblait guère.

« Vous aviez raison, madame, je me suis mal remis de la défection de Thérèse. »

Dieu sait que je pouvais comprendre ! Ne m'étais-je pas moi-même sentie trahie quand Thérèse m'avait quittée ? J'aurais dû tout deviner bien plus tôt.

Il poursuivit avec la même indulgence inattendue :

« Mon agente vous avait percée à jour. Elle avait pressenti que vous refuseriez de me la ramener. Elle est attachante, Thérèse. Son charme opère vite et durablement. C'est assez rare dans mon univers ! J'ai naïvement supposé que la visite du petit homme en couverture Gallimard vous en imposerait. Mais il n'est malheureusement pas si facile de vous intimider.

— Les forbans sont-ils une autre de vos inventions ?

— Nullement, ma chère, comment imaginer pareille sottise ? Ce sont de petits criminels uniquement mus par la recherche du profit à court terme. Pas le moindre dessein littéraire ! Mais puisqu'ils existent, dans votre monde comme dans le mien, autant les utiliser. J'espérais qu'ils parviendraient à vous effrayer et les avais convaincus de me rendre Thérèse, quoique ce ne soit pas dans leurs habitudes. La somme promise était à la hauteur du sacrifice auquel ils ont consenti d'assez bonne grâce, je dois bien le reconnaître.

Je voulus en savoir davantage mais il ne m'en laissa pas le loisir. Le ton avait changé. Sa voix, plus forte, avait perdu son allure lointaine et comme incertaine.

— Vous m'avez causé un tort irréparable ...
— Je n'ai pas enlevé Thérèse, vous le savez bien.

Il poursuivait sans m'écouter.

— Qui vous regrettera si j'ordonne qu'on vous supprime ? De petits auteurs sans imagination qui ne font que *chiper de-ci et de-là divers détails dont* ils se servent pour agencer leurs propres histoires. [P.M. se laissait emporter par une éloquence que je ne lui connaissais guère, faisant de grands gestes qui ébouriffaient sa tignasse rebelle.] Je sais bien que tout le monde *fait pareil, et pas seulement les auteurs de romans policiers. Voyez Antoine Berthet ! ou Bovary. Les trois quarts de Balzac proviennent de faits divers réels, et quand ce n'est pas la réalité ou la semi-réalité qui inspire l'écrivain, alors c'est la fiction d'un autre, ou, à défaut, une ancienne fiction à lui*, pour ne rien dire des cas où l'écrivain s'empare d'une fiction à venir ! Vous facilitez le travail de tous ces romanciers, littéralement dépourvus d'imagination ! Vous leur livrez tout crus des personnages que vous n'avez vous-même pas pris la peine d'inventer !

L'affaire Berthet ? C'est l'histoire dont s'est inspiré Stendhal dans *Le Rouge et le Noir*.

— Mais je n'ai livré Thérèse à personne !

Je l'observais qui me dominait de très haut. Il ne se ressemblait plus. Je ne l'avais jamais entendu parler ainsi. Récitait-il, sans en avoir conscience, les phrases d'un autre ? *D'une voix lente, certes, mais régulière et absolument exempte d'hésitations et de repentirs.* Soudain, l'invraisemblable vérité s'imposa. Perec parlait par sa bouche. « *53 Jours* » lui donnait cette assurance qui lui avait toujours fait défaut...

— Que Thérèse se prête à de nouvelles aventures, c'est tout à votre honneur. N'a-t-elle pas, ce faisant, accompli sa vocation de personnage ? On disparaît beaucoup chez vous.

— Je ne peux pas la laisser fuguer à sa guise ! Qu'elle vous rende visite, M. Burma, passe encore. Le vain espoir de clore l'enquête sur sa mère l'y a poussé, je comprends. Mais quand elle me revient, c'est pour me corriger ! Elle a pris, dans *Aurélien*, cette détestable habitude ! Comment ose-t-elle rectifier *Voyage de noces !* Et qu'a-t-elle affaire du suicide d'Ingrid ?

— C'est son affaire autant que la vôtre, comment pouvez-vous ne pas le comprendre ?

— ...

Nestor ne lui laissa pas le temps de répondre.

— C'était pourtant facile de la récupérer. Que ne lui avez-vous envoyé l'un de vos chers paniers à salade ?

— C'eût été signer mon crime ! Vous n'êtes pas seul à savoir, jeune homme, qu'il y en a dans tous mes livres !

Quand donc Nestor avait-il trouvé le temps de lire l'œuvre complète ?

— Non, pas de voiture cellulaire pour Thérèse ! Elle en aurait profité pour visiter Dora.

Malgré son upgrading, Nestor est de nouveau perdu.

PM eut pitié de lui et récita d'une voix redevenue lointaine : « *Les paniers à salade n'ont pas beaucoup changé jusqu'au début des années soixante. La seule fois de ma vie où je me suis trouvé dans l'un d'eux, c'était en compagnie de mon père, et je n'en parlerai pas maintenant si cette péripétie n'avait pas pris pour moi un caractère symbolique.* Lisez, monsieur Burma, c'est dans *Dora Bruder*, page 68.

Se tournant vers moi :

— N'est-ce pas chez vous qu'elle a contracté la maladie infantile du romantisme ? »

Tandis que nous poursuivions cette incroyable conversation – allions-nous vraiment évoquer Louise Colet ? –, je soupesais mon sac et poussais un soupir de soulagement. Qu'il était lourd ! À côté du volume posthume, le manuscrit inviolé pesait de tout son poids. Personne ne m'avait fouillée ! Où que soit Thérèse, elle ne risquait rien tant que je posséderais intact ce petit bijou.

— Passons un accord, voulez-vous ? Je romps mon contrat avec les forbans et vous laisse revenir à vos activités d'ôtrice ; de votre côté, vous retrouvez Thérèse et vous me la rendez. Je promets de lui inventer une occupation soft... voire d'en discuter les termes avec elle.

— Mais parmi tous vos personnages, pourquoi Thérèse ? Pourquoi vous tient-elle tant à cœur ?

— Je lui ai fait une promesse à la dernière page de son roman. Je n'entends pas qu'elle soit tenue par d'autres. Et encore moins pour d'autres.

— Elle m'en a parlé. C'est précisément parce qu'elle la prend très au sérieux, qu'elle a décidé d'en faire profiter le plus grand nombre...

— Le service néo-natal dans lequel elle se réveille, après sa propre tentative de suicide, je ne l'ai inventé que pour elle. Vérifiez, vous verrez. À vous de la convaincre qu'on ne peut pas sauver la terre entière. Je l'attends.

— Mais elle s'est établie au XIXe siècle !

— Je vous laisse une semaine pour réussir », fit il pour clore le débat.

Et il sortit sans claquer la porte de l'incroyable maison de poupée où nous nous trouvions encore.

Vite ! Quitter Grianta...

De retour à l'Agence, je sortis de mon sac le précieux manuscrit (est-ce PM qui se l'était procuré ?), décrivant pour l'équipe réunie la souricière qui ne pouvait manquer d'attirer Thérèse si l'ouvrage tombait sous ses yeux et l'extraordinaire habileté de la dactylo tueuse qui s'y tenait en embuscade. La disparition de Lise avait-elle suffi à tout désamorcer ? Je l'avais examiné trop vite pour en être sûre.

« *J'ai tout juste eu le temps de le parcourir et n'en ai rien tiré de vraiment fructueux. Mais vous saurez certainement mieux que moi le lire entre les lignes* », déclara Nestor qui ne m'avait pas quittée d'une semelle ; apparemment résolu à troquer son agence contre la mienne, il semblait prêt à courir de nouvelles aventures.

— Savez-vous ce qu'est devenue Lise ? demanda Hélène, qui connaissait décidément son Nestor.

Sa réponse me laissa pantoise :

— Je l'ai découverte en marge d'un des volumes *Des Nouveaux mystères de Paris* que j'avais apportés avec moi, sans doute vous en souvenez-vous. Heureuse de n'avoir pu les réduire au digest, elle s'y était établie pour une cache au long cours. Elle n'eut pas vraiment le temps d'en profiter. Durant notre vol retour, j'eus l'envie de replonger dans le brouillard du

Pont de Tolbiac. C'est là que j'ai fait la connaissance de Thérèse mais ce n'est pas elle qui m'y attendait cette fois. Dès qu'elle me vit, Lise me sourit et me conta, assez fière de ses exploits, la manière dont elle s'était tirée d'affaire. Elle s'était éclipsée avant notre réveil chez elle, bien décidée à nous suivre jusqu'à Paris. Qu'y deviendrait-elle ? Elle voulait changer de camp. N'avais-je pas besoin d'une personne de sa compétence pour assurer l'intérim chez Fiat Lux ? Je suis très heureux de lui offrir une seconde chance.

Hélène en fut-elle contrariée ? Elle n'en laissa rien paraître. Pas plus que moi d'ailleurs. Et nous reprîmes le récit de nos aventures, passant néanmoins sous silence la fin peu glorieuse de l'épisode et l'ultimatum que PM m'avait fixé.

Le manuscrit circula de main en main. Chacune émit commentaires (« Quel fatras ! » dit Lola, « Que d'énigmes », sourit Leïla) et hypothèses...

— Étrange volume, dit Bérénice en l'examinant de plus près, il ressemble en tout point à celui publié après la mort de GP mais il y a en lui quelque chose de plus inquiétant. De menaçant même.

— 53 jours, c'est exactement le temps que mit Stendhal à écrire *La Chartreuse*, fit remarquer la Sanseverina. Curieuse coïncidence ...

Je savais Perec partisan de *La Chartreuse de Parme*. Comme Thérèse elle-même. Mais je n'y avais pas prêté attention. Anne parcourut le dossier génétique qui suivait le texte : « GP n'a pas plus achevé son roman que Stendhal, *Lamiel*. Nouvelle coïncidence ? » L'angoisse de nouveau me serra la gorge. Je ne m'étais pas aventurée dans la seconde partie où la piste stendhalienne se dessinait plus nettement. Quelques signes de corrections typographiques  et  apparurent sous nos yeux. Contrairement à ce que j'avais cru, Thérèse était entrée dans le manuscrit. Comment avait-elle fait ? Et comment Lise avait-elle pu la rater ? Nestor l'avait-il *retournée* sans que PM s'en doute ? Je n'étais plus sûre de rien.

Les petits cailloux que Thérèse avait semés nous menaient vers les pages que je n'avais pas lues. Il ne nous fallut pas longtemps pour comprendre ce qui avait très vraisemblablement excité sa curiosité ; elle avait dû buter sur l'encodage d'un titre : *Un R est un M qui se P le L de la R* et déchiffré sans difficulté cette variante de la célèbre formule stendhalienne. *Un roman est un miroir qui se promène le long de la route*... Où cela l'avait-il menée ? Je ne parvenais pas à concevoir comment la piste stendhalienne pouvait se transformer en chausse-trappe...

La seconde partie de « *53 Jours* » était restée en chantier : notes, insistantes, répétitives, esquissaient un radical changement d'époque. On quittait brutalement Grianta pour remonter le temps. Rentrer en France. En Savoie. Est-ce l'Occupation qui guettait de nouveau Thérèse au bout du chemin ? Elle en était sortie indemne, dans *Aurélien* comme dans *Voyage de noces*... Une peur panique, irraisonnée, m'envahit. Pourquoi les choses auraient-elles été différentes, cette fois ? Je ne parvenais pas à saisir le mécanisme de l'odieuse conspiration que je pressentais. PM était-il derrière ce nouveau piège ? Et s'il voulait la récupérer, pourquoi la menacer ? N'avions-nous pas passé un accord ?

Pour le plus grand désappointement de Nestor, je confiais derechef les clés de l'Agence à la Sanseverina : Anne m'avait rapporté que la Duchesse s'était fort bien tiré de sa grande scène avec un Flaubert furibard. Le reste de l'équipe se chargerait du catalogue qui attirait, chaque jour davantage, auteur.es et personnag. es. Louise Colet avait enfin rencontré Ferrante Palla, ensemble ils avaient entrepris de faire rimer amour et poésie, politique et République.

*

Puisque l'avenir à l'Agence s'annonçait radieux, je plongeais seule dans le manuscrit. Quittais la partie rédigée pour rejoindre le dossier génétique. J'en parcourus nerveusement les cahiers, les feuillets.... Bérénice avait vu juste.

La Chartreuse de Parme n'était qu'un livre
prétexte,
dont la présence obsédante
n'avait d'autre but que d'attirer Thérèse.

Glacée d'effroi, je découvris trois lignes, plusieurs fois répétées, à divers endroits du dossier. Elles m'éclairèrent à elles seules sur l'horrible et précise machination :

Spéculation sur réalité et miroir
Allusions à la Chartreuse
DONC *renvoyé au maquis de la Chartreuse*

Ce fut pour moi comme une révélation

Un simple DONC avait transporté Thérèse de *La Chartreuse* au maquis ! Puissance de la littérature ! Le Maroc, Lise elle-même (sans doute est-ce à ce moment qu'elle nous avait faussé compagnie), tout s'était évanoui en passant de la première à la seconde partie du livre. Perec était coutumier du fait, je le savais ; mais comment aurais-je pu imaginer que le tout jeune auteur de *La Place de l'étoile* (il a vingt-trois ans au moment de sa publication) parviendrait à se glisser dans les failles du texte perecquien ? Comme tous les personnages de « 53 *Jours* », il avait filé en Savoie, plus précisément entre Grenoble (la ville de Stendhal) et Chambéry (celle de Paul Touvier). Caché au coin d'une page, insolent de jeunesse, il contemplait un personnage qu'il semblait sur le point de s'accaparer !

> *Ou bien l'homme qui s'appelle R. Serval et qui passe pour un héros de la résistance sous le nom de Bérot dit Louviers est en réalité Barbinet chef de la Milice* [...]

> *Ou bien il a en fait été « retourné » après son arrestation par la Gestapo et est responsable de l'arrestation de tout son maquis* [...]

Modiano envisageait-il une édition, revue et augmentée, de sa sinistre *Ronde de nuit* ? « Serval y trouverait facilement sa place »... C'est au moment où j'imaginais ces mots que j'aperçus Thérèse. Penchée précisément sur CES lignes, elle vacillait, méconnaissable. Elle que n'avait jamais attiré ces romans sans ligne de démarcation entre la Résistance et la Collaboration, je l'entendais balbutier dans une langue qui n'était pas la sienne mais celle, violente, heurtée, du premier Modiano. Je la vis chanceler au bord d'un interligne qui semblait inexorablement s'agrandir sous ses pas. Elle tremblait. Incapable de s'échapper. *Avec son héros* [...] *qui travaille en même temps pour la*

Gestapo française et pour un réseau de résistance, quels souvenirs enfouis Perec avait-il éveillé en elle ? La livrant sans défense à celui qu'elle avait refusé de visiter naguère, lui-même ressuscité dans ces pages par je ne sais quelle opération de magie noire.

Il fallait rompre le charme, ramener Thérèse à elle-même et à une juste conscience du temps. « Reculez, Thérèse ! Ne basculez pas de « *53 Jours* » dans les premiers romans de votre auteur. Stendhal ni Perec ne l'auraient voulu ! Et PM non plus, croyez-moi ! Écoutez-le, à quelques années de distance. Il a changé, je vous le jure » et je tirai du plus profond de ma mémoire, un texte ancien que Modiano avait publié dans la presse :

> *J'avais écrit trop jeune un premier livre où je rusais avec l'essentiel, en tâchant de répondre de manière désinvolte aux journalistes antisémites de l'Occupation, mais c'était comme pour se rassurer, faire le malin quand on a peur et que l'on parle très fort dans le noir.* [...]

Thérèse ne bougeait pas, ne m'écoutait pas. La noirceur du temps rendait-elle toute son efficacité à celle des livres anciens ? Elle ne quittait pas des yeux les lignes qui dansaient devant elle.

EST-CE QUE POUR THERESE
ÇA VA FINIR
AINSI ?

J'avais emporté, pour cette ultime épreuve, l'exemplaire corrigé de *Voyage de noces*. Je le sortis lentement de ma poche, prise du fol espoir de voir

Ingrid à son tour sauver Thérèse. Et je me mis à psalmodier :

« Thérèse,

concentrez-vous sur ma voix...

Ingrid marche devant vous.

Vous la suivez pas à pas.

Vous éprouvez au plus profond de vous chacune de ses émotions, ce pressentiment soudain que si elle s'engageait sur le boulevard à la suite de ceux qui rentraient dans le dix-huitième arrondissement, la frontière se refermerait sur elle pour toujours.

Vous ne la perdez pas de vue.

De temps en temps, elle jette un regard sur le trottoir opposé qui marque la limite du couvre-feu et où il fait plus sombre bien que l'heure ne soit pas encore sonnée : encore quinze minutes avant que la frontière ne se referme. Souvenez-vous du compte-à-rebours. Plus que cinq minutes. Il ne faut pas céder au vertige ni se laisser aspirer par le noir. Il faut tenir bon sur le trottoir du neuvième arrondissement.

Je m'étais glissée derrière Thérèse, prête si nécessaire à la tirer en arrière. Mais elle avait fermé les yeux, s'efforçant de ne penser à rien...

Je repris, lentement, assourdissant ma voix :

Ingrid compte.

Vingt-trois, vingt-quatre, vingt-six, vingt-sept...

Six heures.

Six heures cinq.

Six heures dix.

Voilà.

C'est fini.

L'abyme se referma tandis que le fantôme du jeune auteur s'effaçait des pages perecquiennes.

Nous étions seules, réfugiées dans quelque marge immaculée, reprenant enfin notre souffle.

Je mis ma main sur son épaule.

Qu'aillions-nous faire désormais ?

Thérèse m'avait depuis longtemps pardonné de n'avoir pas su la protéger mais elle avait quitté l'Agence sans désir d'y revenir. Elle me chargeait de toutes sortes de gentillesses à témoigner à l'ensemble de l'équipe. Elle n'oublierait jamais ses balades avec Bérénice. Peut-être retrouverait-elle un jour, dans quelque grenier oublié, le tableau qu'avait peint d'elle Zamora. Il témoignerait à lui tout seul de ses tentatives d'évasion. Les romans qu'elle avait traversés, ceux dont elle avait corrigé le dénouement ne lui offraient qu'un asile bien illusoire. Elle en avait fait l'amère expérience. Elle-même avait changé, bien sûr, d'un volume à l'autre. Elle espérait voir les livres éclairer le monde. Mais son propre personnage l'inquiétait. Peut-être recelait-il d'autres traumas cachés tout au fond d'elle, et qui la rendraient de nouveau vulnérable.

Ressortir saine et sauve de sa traversée de « 53 *Jours* » l'en avait convaincue. Ce que je lui avais raconté aussi. Elle reviendrait à son auteur, prête à discuter dénouement. Elle se sentait apaisée, sûre d'elle-même.

Avec lui,
– c'était le deal –
elle n'endosserait plus jamais de manteau jaune.

Index non exhaustif des auteurs, des œuvres et des citations

par ordre d'apparition :
(les n^os renvoient aux parties)

Émile Gaboriau, 1 *L'Affaire Lerouge* (et ses vertueux enquêteurs).

Jacques Godbout, 1 *Salut Galarneau !* (pour son vendeur de hot dog).

Stendhal,

1 *Le Rouge et le Noir* (Julien Sorel, transfuge de classe), *La Chartreuse de Parme* (premières apparitions : Fabrice del Dongo, la Sanseverina, Clélia Conti).

2 *Le Rouge et le noir* (*Un roman est un miroir...*).

3 *La Chartreuse de Parme* (« *elle serait descendue des cintres* » ; réparation en cours ; un petit quart d'heure d'attente) ; *Lamiel* (conseil de lecture) ; *La Chartreuse de Parme* (Ferrante Palla, *tribun du peuple et plus grand poète du Nord de l'Italie*; Mosca, représentant final de la loi et l'ordre ; *Entre ici, ami de mon cœur*, suivi de la plus belle ellipse du monde).

4 *Lamiel*, édition d'Anne-Marie Meiniger (voyage dans la genèse ; Emma rencontre Lamiel et ce qui s'en suivit).

5 *Armance* (où Nestor Burma retrouve Thérèse), « Lettre à Mérimée » (*Il y a plus d'impuissants qu'on ne croit.*).

6 *Lamiel* (retrouvailles) ; la Sanseverina (portrait).

Émile Zola,

1 *L'Assommoir, Germinal* et *Le Bonheur des dames* (1ère mention) ; *Le Docteur Pascal* (armoire aux archives) ; *Le Bonheur des dames* (Denise exfiltrée).

2 *Docteur Pascal* (l'armoire devenue placard aux archives, lui-même transformé en sas.

3 *Le Bonheur des dames* (Denise, la Sanseverina et l'hypermarché moderne).

Albert Camus, 1 *La Peste.*

Émile Ajar, 1 *La Vie devant soi* (*avorter* Madame Rosa).

Mikhaïl Boulgakov, 1 *Carnets d'un jeune médecin.*

Patrick Modiano,

1 *La Petite Bijou* (et son service néo-natal), *Dora Bruder* (Manon Lescaut à La Salpêtrière) ; *Des inconnues*. Élément du portrait de la Petite Bijou par Zamora : *Une douzaine d'années avait passé depuis qu'on ne m'appelait plus « la Petite Bijou » et je me trouvais à la station Châtelet à l'heure de pointe. J'étais dans la foule qui suivait le couloir sans fin, sur le tapis roulant. Une femme portait un manteau jaune. La couleur du manteau avait attiré mon attention et je la voyais de dos, sur le tapis roulant* (incipit).

2 *La Place de l'étoile, La Ronde de nuit, Les Boulevards de ceinture* parfois nommés « La trilogie de l'Occupation » ; *Voyage de noces* (Thérèse rature, Ingrid franchit la ligne de démarcation) ; *Dora Bruder* (*Premier rendez-vous,* réalisation : Henri Decoin, 1941) ; *La Ronde de nuit.*

5 *La Place de l'étoile* (et son narrateur, Raphaël Schlemilovich) ; *Dora Bruder* (*J'ignorerai toujours à quoi elle passait ses journées, où elle se cachait, en compagnie de qui elle se trouvait pendant les mois d'hiver de sa première fugue et au cours des quelques semaines de printemps où elle s'est échappée à nouveau. C'est là son* *secret. Un pauvre et précieux secret...)* ; *La Petite Bijou* (reprise d'activité du service néo-natal).

6 *Un pedigree* (pour le moins lacunaire) ; *Dora Bruder* (et son panier à salade), *La Ronde de nuit* (le piège se referme sur Thérèse !).

Gustave Flaubert,

1 *L'Éducation sentimentale* (*Ce fut comme une apparition* ; l'épilogue que Flaubert n'a pas écrit), *Madame Bovary* (disparition et entretien de personnalité).

2 « Lettres à Louise Colet », *L'Éducation sentimentale* (*C'était comme une immense désertion* ou l'enlèvement raté de Marie Arnoux ; de la *passion inactive* à la dernière phrase du roman) ; *Première Éducation sentimentale* (Émilie et Henry en Amérique), « Lettres à Louise Colet ».

3 *Madame Bovary* (« Gustave Flaubert, c'est moi ! »), « Lettre à Louise Colet », *Bouvard et Pécuchet* (morceau ajouté) ; *L'Éducation sentimentale* (*Il voyagea.*).

4 *Madame Bovary* (Emma / Lamiel : dépucelage et baisade) ; *Dictionnaire des idées reçues* (ou l'ironie retournée contre son auteur même).

6 *Madame Bovary* (Emma dénoue ses bandeaux noirs ; Flaubert à l'Agence : le bal de la Vaubyessard : restauration, rencontre de la Sanseverina, « lettres à Louise Colet »).

Éric Rondepierre, 1 *La Maison cruelle* (alias la Petite Roquette).

Léo Malet, *Nouveaux Mystères de Paris*, dont *Le Brouillard au pont de Tolbiac* et *Micmac moche sur le*

Boul'mich (Burma, « le combiné à peine reposé sur son socle » apparaît chaque fois qu'on fait appel à lui tout au long du roman ; quant à Hélène Chatelain, elle intègre l'agence dès la 1ère partie).

Lautréamont, 1 *Les Chants de Maldoror.*

Nathalie Azoulai, 1 *Titus n'aimait pas Bérénice.*

Laclos, 1 *Les Liaisons dangereuses* (la vérole et la marquise).

Aragon,

1 *Aurélien* : Paris, le salon de Mary de Perseval, 1ère mention de Paul Denis, Rose Melrose récite du Rimbaud, Zamora fait de Bérénice un portrait double ; Blaise d'Ambérieux, oncle d'Aurélien, peintre des villes ; *la grande maison* de Bérénice, le restaurant des Mariniers, la garçonnière d'Aurélien ; *le goût de l'absolu* (ou la révolte de Bérénice), l'incipit du roman, commenté par Bérénice, l'épilogue, déserté par la même ; retour sur l'incipit avec Emma Bovary ; *Les Voyageurs de l'impériale* (Blaise plus jeune, peintre naturaliste, naturellement dreyfusard) ; *Les Cloches de Bâle* (modianisée).

2 *Aurélien* et *La Mise à mort* (variante de *Lui*, selon Bérénice).

3 *Aurélien* (la mort de Paul ; « il a raison, Balzac ! »).

6 *Aurélien* (lu par Flaubert ; l'épilogue d'*Aurélien*).

Diderot, *Jacques le Fataliste.*

Anne Malaprade, 1 *Parole, personne.*

Julian Barnes, 1 *Le Perroquet de Flaubert* (conversation avec Maxime Du Camp).

Louise Colet,

2 *Vie de Madame du Châtelet* (*Les femmes sont un peu traitées par les historiens et par les moralistes comme on traite les nations vaincues...*) ; « Lettre à Désiré Bancel » (*... qu'elles ne soient pas éternellement des machines à plaisir et à reproduction de l'espèce !*) ; *Lui, roman contemporain* (épisode en 5 actes, comprenant un flash back et un épilogue), Memento (lu par Thérèse). Le tout disponible sur Gallica.

6 Poèmes divers (« La Mettraie », *Ce qui est dans le cœur des femmes*, « L'ouvrière » ; *Vie de Madame du Châtelet* (again).

Beckett, 2 *Fin de partie* (*Fini, c'est fini, ça va finir, ça va peut-être finir*).

Emmanuel Bove,

2 *Romans*, disponibles « Mille et Une pages » ; *Bécon-les-Bruyères, Mes amis,* Carnets http://www.emmanuel-bove.net/indexbove7.htm.

3 *Bécon-les-Bruyères.*

Les escapades de la famille Bovary, 2 :

- **Monique Proulx,** « Madame Bovary », *Les Aurores montréales*, éd. Boréal, Montréal, 1996.
- **Laura Grimaldi,** *Monsieur Bovary,* 1991 en Italie, traduit en 1995 aux éditions Métailié.
- **Maxime Benoît-Jeannin,** *Mademoiselle Bovary,* Belfond, 1991.

• **Raymond Jean,** *Mademoiselle Bovary,* Actes Sud, 1991.

Elsa Triolet, 2 *Bonsoir Thérèse* (1938, premier roman écrit directement en français).

Alfred de Musset, 2, *Poésies nouvelles (Je suis venu trop tard dans un monde trop vieux,* 1857).

Melville, 3 *Bartleby* (*I would prefer not to*).

Annie Ernaux, 3 *La Vie extérieure (Dans Auchan désert...), Regarde les lumières mon amour (Rien n'a changé depuis* Le Bonheur des dames...).

Simone de Beauvoir, 3 « Stendhal ou le romanesque du vrai », *Le Deuxième Sexe.*

Agota Kristof, 3 *Le Grand Cahier* (pour ses jumeaux anagrammatiques).

Mallarmé, 4 « Brise marine ».

Rocambole, 5 : Dans la tradition des feuilletons publiés dans les journaux du XIXe siècle, ce feuilleton télévisé relate les aventures de Rocambole, « rôdeur de barrière » repenti, devenu justicier en marge de la société et vivant une étrange passion d'amour/haine avec son mentor Sir Williams, incarnation du mal s'opposant à l'ex-jeune coquin devenu, par réaction, défenseur du bien. *L'Héritage mystérieux* (1re époque) ; *Les Étrangleurs* (2e époque) ; *La Belle Jardinière* (3e époque).

Georges Perec, 6 « 53 *Jours* », texte établi par Harry Mathews et Jacques Roubaud ((presque) toutes les citations ici en sont extraites, Lise Carpenter aussi (dans une nouvelle distribution)) ; quant aux allusions antérieures, elles sont laissées à la libre disposition du lecteur).

Apocryphes

Pierre Bayard, *Comment parler des livres qu'on a trop lus ?*

Maxime Decout, *En toute mauvaise foi, comme il se doit.*

Claude Burgelin, *Perec et alii.*

Imprimé en France
FRHW011438240625
44109FR00007B/31

9782494675278